BIG FISH
ビッグフィッシュ

（父と息子のものがたり）

ダニエル・ウォレス
小梨直＝訳

河出書房新社

母に

亡き父をしのんで

ビッグフィッシュ　もくじ

1

2

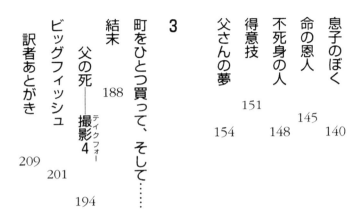

ビッグフィッシュ——父と息子のものがたり

謝辞

さまざまな友人や家族の、いろいろな意味での支えがなければ、この本を書きあげることはできなかっただろう。この場を借りてお礼を申しあげたい。特に感謝したいのは、私の作品の年来の読者であるポール・プライスと、エージェント、編集者、歌手、友人という多才ぶりゆえ、私にはかけがえのない存在となっているジョー・リーガル。またウォルター・エリスとベティ・コールドウェルのふたりは生涯最高の先生で、彼らがいなかったら、私などどうなっていたかわからない。そしてキャシー・ポリーズとアルゴンキン社のみなさんには、このひとことを——楽しかったです。

すでに人生の終わりを迎えようとしていた父を乗せて、ドライブに出かけたとき一度、川のそばに車をとめ、ほとりまで歩いていったことがあった。大きなオークの木陰に、ぼくたちは腰をおろした。

しばらくすると父は靴も靴下も脱いで、透きとおった流れに両足をひたし、じっと見おろした。そして目をつむると、笑みを浮かべた。そんなふうに父が微笑むのを見るのは、久しぶりのことだった。

深呼吸して、父はいった。「思い出すよ、こうしていると」

それきり口をつぐみ、ふたたびなにかに思いをはせる。いおうとしていることが出てこない、なかなか出てこないということが、当時はよくあったので、きっとまたジョークでも考えているのだろうと、ぼくは思った。父はジョーク好きだったから。でなければ、自慢の冒険談か武勇談。なんだろう、なにを思い出すというのだろう。アヒルと金物屋のジョーク？　居酒屋と馬のジョーク？　それともバッタよりちっちゃな男の子の話だろうか。

昔むかしに発見して、でも結局はなくしてしまった恐竜の卵、あるいは自分が君主となって、一週間近くも治めたという国の話だろうか？

「思い出すよ」父はくりかえした。「子供のころを」

ぼくは父をふりむいた。年老いた父、自分の親父が、白くしなびた足を清流にひたしている姿、人生最後の、このひととき。ふいに父が少年に見えた。小さな男の子、自分と同じような、人生まだこれからという、前途洋々たる若者に見えた。そんな目で父を見るのは、生まれて初めてのことだった。さまざまな姿、あの時代、この時代の父が混ざり合い、溶け合って、次の瞬間あらわれたのは奇妙な生き物——若いのに年老いていて、死にそうなのに生まれたばかりという、途方もない生き物に、そのとき父は姿を変えた。

神話になったのだ。

1

誕生

父さんが生まれたのは、四十年ぶりという日照りつづきの夏のことだった。太陽に灼かれてアラバマの細かな赤土は砂ぼこりとなり、行けども行けども水はない。食糧もわずかしか手に入らなかった。トウモロコシもトマトも、カボチャでさえもその夏は収穫できず、白く霞むような空の下で、みなひからびていた。なにもかもが死んでゆくようだった――まずニワトリ。次に猫。豚。そして犬。どれも鍋に放りこまれてシチューとなった。残らず、骨ごと、丸ごと。ある男は発狂して、石を食らって、死んだ。運ぶには十人の男が必要だった。それほど死体は重かった。墓穴を掘るのも十人がかり。それほど大地はかたく乾いていた。

東を見て人びとはいった――**覚えているか、あの川の激しい流れを。**

西を見て――**覚えているか、タルバートの池を。**

父さんが生まれた日の朝も、なんら変わりはなかった。太陽がのぼり、見おろす小さな板張りの家で、この国がすっぽりおさまりそうなほどに大きな腹をした妻が、ひとつだけ残った卵をかきまぜて夫の朝食をつくっていた。夫はすでに畑に出ていた。土ぼこりをあげながら、鋤でねじ曲がった黒い得体の知れないなにかの根を、掘りかえしていた。照りつける陽射しはきつく眩しかった。卵を食べにもどると、夫は擦りきれた青いバンダナで、額の汗をぬぐった。それを古いブリキのカップの上で絞った。これも飲める、あとで飲める、と。

その日、妻の心臓がとまった。一瞬だが、とまって、妻は死んだ。そして生きかえった。このとき自分が宙に浮いて見えたという。息子も見えたという——光り輝いて。魂が体にもどると、そこが温かかった。

妻はいった。「じきだわ。じき、生まれる」

妻のいうとおりだった。

その日、誰かが遠くを指さして雲を見つけた。なにやら黒っぽい雲だった。人びとが集まりだした。ひとり、ふたり、倍の四人が、いきなり五十人以上にもふくれあがり、見守るなか、たいして大きくはない雲だったが、それは乾いてすっかりだめになった彼らの土地に近づいてきた。夫も外へ出て、空を見あげた。なるほど、たしかに雲だった。何週間ぶりかで眼にする、正真正銘の、雲。

町で雲を見あげていないのは、妻ひとりだった。妻は床に倒れ、痛みに喘いでいた。息苦しくて、叫ぶことができなかった。叫ぼうとして、口を大きく開けても——なにも出てこない。口からはなにも。問題は別のところ。赤ん坊だった。赤ん坊が生まれようとしていた。なのに夫は？

外で雲を見あげている。

しかもそれが、すごい雲。小さいなんて、とんでもない、実に立派な、雲らしい雲で、もくもくと湧き、灰色に広がり、乾上がった土地の隅々にまで覆いかぶさろうとしていた。夫は帽子を脱いで眼をすがめた。ポーチから降りて、もっとよく雲を見ようとした。

やがて風も吹きだした。心地よい風だった。柔らかく頬を撫でる心地よい風だった。つづいて雷が聞こえた――ゴロゴロ！――そう聞こえた気がした。が、実はそれは、妻がテーブルを蹴飛ばす音だった。雷のように聞こえたのだ。雷そっくりに。

さらに一歩、夫は畑へと踏みだした。

「夫《あなた》！」声をかぎりに妻は叫んだ。けれども間に合わなかった。遠くの夫には聞こえなかった。夫にはなにも聞こえなかった。

その日、町じゅうの人びとが父さんの家の前の畑に集まって、雲を見あげていた。最初は小さかったのが、まずは雲らしい雲となり、みるみる広がって、クジラ並みの大きさになり、白い光が幾度も激しく閃いて、走って、松の木のてっぺんを焼き焦がし、背の高い男たちはびくびくとしたが、みな眼をはなさず、身をかがめて、じっと待った。

その日父さんが生まれると、変わったことが起きた。

夫は父親《ファーザー》になり、妻は母親《マム》になった。
その日エドワード・ブルームが生まれると、雨がふった。

動物と話す

彼は動物の扱いがうまい、みんなそういった。子供のころは手でアライグマに餌をやるのが得意。畑で父親の手伝いをしていると鳥が飛んできて、よくその肩にとまった。ある晩クマがあらわれて、部屋の窓のすぐ外で眠ったこともあった。どうしてまた？　動物たちの特殊な言葉が理解できるから。父さんには、そういう才能があったのだ。

牛や馬も妙によくなついた。父さんのあとを、ついて歩いたりした。大きな茶色い鼻を肩にこすりつけて、ふんふんと啼いて、まるで内緒話でもしているかのよう。

膝の上にうずくまって、卵を生んだニワトリもいた。小さな茶色い卵だった。ほかじゃ見たことないよ——誰もがそういった。

アラバマに雪がふった年

アラバマには雪はふらない。ところが父さんが九歳になった年には、ふった。絶え間なくふり、白いカーテンがおりたようにあたりが見えなくなって、地面でそれはかたまり、やがてどこもかしこも透きとおった氷に覆われて、はがせなくなった。凍った雪の下にとじこめられると、悲惨だった。とじこめられなくても、とじこめられるのは時間の問題と考えるだけで、悲惨だった。

エドワードは丈夫で物静かで、自立心旺盛な少年だった。いっぽうでは口答えせずに、よく父親の手伝いをする子供でもあった。柵を直したり、迷子になったまだ若い雌牛を捜して連れもどしたり。土曜の夕暮れにふりだした雪は、翌朝になってもやまず、エドワードと父親はまず、雪だるまや雪の町や、いろんな雪像をたくさんつくった。それでもやむ気配のない大雪の恐ろしさに気づいたのは、午後も遅くになってからのことだった。ところで、このとき父さんがつくった雪だるまというのは、高さが五メートルもあったという。松の枝と滑車で特別な装置もこしらえたため、昇り降りに不自由はなかった。雪だるまの眼にはめこんだのは、何年も放ったらかしにされていた古い荷馬車の車輪。鼻は穀物倉庫《サイロ》の屋根。口は――なにやら心温まる愉快なことでも思い浮かべているみたいな雪だるまの片笑みは――かたわらのオークから削りとった樹皮でできていた。

　母親は家のなかで料理をしていた。煙は灰色と白の渦を巻いて、煙突から細く空へと立ちのぼっていった。なにかを掘るような、削りとるような音が遠く扉の外から聞こえたが、母親は気にもとめなかった。顔さえあげずにいると、三十分後、夫と息子が寒いなか大汗をかきながら入ってきた。

「たいへんなことになった」夫がいった。

「あら、どうしたの」妻はたずねた。

　そうこうしている間にも雪はやむことなく、親子で掘りだした扉がまた埋まりはじめた。父親はシャベルを手に、もう一度雪をかいた。

　エドワードの見ている前で父親が、雪をかく、積もる、かく、積もる、とやっているうちに屋根がたわんで、いやな音をたてはじめた。母親が寝室に行くと、そこにも雪だまりができていた。逃げださねば、と三人は思った。

　でも、どこへ？　いまやすべてが雪に覆われ、真っ白に凍りついている。できあがった料理を母親は手早く包み、毛布を何枚か集めた。

その晩、三人は樹《き》の上で眠った。

夜が明けて月曜日。雪はやみ、太陽がのぼった。気温はまだ氷点下だった。

母親がいった。「学校に行く時間じゃないの、エドワード」

「そうだね」エドワードはうなずいた。口答えせずに。そういう少年だったのだ。

朝食をすませるとエドワードは樹からおり、十キロの道のりを歩いて、小さな学校へと向かった。途中、道ばたで氷漬けになっている人を見かけた。エドワード自身も危ういところだったが――凍らずにすんだ。ぶじ辿り着いた。いつもより二分早く着いたくらいだった。

学校に着くと、校長先生が丸太に腰かけ、本を読んでいた。校舎で見えるのは風見鶏だけ、ほかはすべて週末の大雪に埋もれていた。

「おはよう、エドワード」

「おはようございます、校長先生」

そこでエドワードは宿題を忘れてきたことに気づいた。

だから家に取りにもどった。

ほんとの話。

前途有望

人の名前や顔や好きな色を、エドワード・ブルームは一度覚えたら忘れなかったという。十二になるころには、町の人全員、どこの誰だか、足音だけで聞き分けられるほどだったとか。

成長するのが速くて、いっとき——何か月間だか、一年近くだか——ベッドから起きられないこともあったという。骨の発達がぐんぐん伸びる身長に追いつかず、立とうとすると葡萄のつるみたいに手足が絡まって、床にぐしゃりと倒れてしまうのだ。

時間を有効に使って、エドワードは本を読んだ。アシュランドにある本は片っ端から読破する勢いで。一千冊——いや、一万冊という人もいる。歴史書、芸術書、哲学書、アルジャー作『ぼろ服のディック』。ジャンルは問わず。なんでも読んだ。電話帳まで。

そのうち誰よりも——図書館長のピンクウォーターさんよりも——物知りになった。

当時から父さんは大物《ビッグフィッシュ》だったのだ。

父の死——撮影《テイクワン》1

たとえば、こうだ。わが家のかかりつけの医者、老齢のベネット先生が来客用の寝室から摺り足で出てきて、うしろ手にそっとドアを閉める。恐ろしく年老いていて、皮膚のたるみとしわの寄せ集めが歩いているようなベネット先生は、大昔からわが家のお医者さんだった。生まれたぼくを取りあげて、へその緒を切ったのもベネット先生。真っ赤でしわくちゃだったぼくを、母は先生から受けとっている。家族みんなの病気を数えきれないほど治してくれたベネット先生の、患者を診る態度と親しみやすさはまさに古き良き時代の医者のそれで、実際、先生は古き良き時代の医者以外のなにものでもない。そのベネット先生が、父の臨終にも立ち会おうとしている。部屋から出てきて、老いた耳から聴診器をはずすと、母とぼくの顔を見て、かぶりをふる。

「手のほどこしようがない」しわがれ声で、ベネット先生はいう。やりきれない思いに両手を大きくふりあげたいところだが、そうはしない。年とった先生に、もうそれをする元気はない。

「気の毒だが。ほんとうに気の毒だが。もし、なにかエドワードと和解すべきことがあれば

——なにかいいたいことがあるなら——いまのうちに」

わかっていたことだ。母はぼくの手を握り、辛そうな笑みを浮かべる。むろんのこと、辛くないわけがない。この数か月のあいだに母は体も心も小さく萎んでしまった。生ける屍のようになってしまった。視線はいつも力なく宙をさまよい、ふりむくといまはまた、どうしていいかわからない、自分がどこにいるのか、誰なのかさえわからない、という顔をしている。自宅で最期を迎えるべく父がもどってきてからの、この家のなかの変わりよう。病気の進行は、ぼくたちみんなの命をも縮めていた。毎日、父は、仕事へ出かける代わりに裏庭で自分の墓穴を掘らねばならないかのようだった。裏庭のプールの向こう側に。それも一気に掘るのではなく、少しずつ——三センチないし五センチずつ。ひどく疲れるのも、眼の下に隈ができるのもそのせいで、母が呼ぶところの「X線療法」の副作用などではない。毎晩、墓掘りからもどると、爪に泥のこびりついた手で椅子にすわり新聞を読みながら、父はいう。**じき完成だよ。今日もまた少し掘った。**母は応じる。**聞いた、ウィリアム。お父さん、今日もまた少し掘ったんですってよ。**ぼくはいう。**へえ、そりゃすごいね、父さん、たいしたもんだ。なにかぼくに手伝えることがあったらいってよ。**

「母さん」とぼくは声をかける。

「先に入るわね」はっとして、母は答える。「それで、もしほんとに——」

もしほんとに、父がもうだめなら、ぼくを呼び入れる。そんなやりとりを、ふたりでする。死にゆくものの国では、みなまではいわない。いわなくても、あとにつづく言葉はわかっている。

そう決めると母は立ちあがり、部屋へ入ってゆく。ベネット先生はかぶりをふり、眼鏡をはずして、青と赤の縞模様のネクタイの端でレンズを拭く。その姿を見て、ぼくは愕然とする。年寄り、よぼよぼもいいところじゃないか。どうして父さんのほうが先に逝かなくちゃならないんだ。

「エドワード・ブルーム」先生はひとりごとのようにいう。「誰が予想したね、こんなこと」

そう、誰が予想しただろう。死は人生最悪の事態として父にふりかかってきた。といえば、みんなこう思うにちがいない――誰にとっても、ふつうはそうさ、と。でも父の場合は特別だった。なかでも酷だった最後の数年間――病状が悪化し、生活が思うようにならなくなってからの日々は、心の準備をする時間を与えられたように、ただ見えただけで……。

加えてまずかったのは、在宅療養を強いられたこと。父はこれをひどくきらっていた。毎朝、同じ部屋で起きて、同じ人の顔を見て、同じことをするなど、うんざりだったのだ。そうなる前の父にとって、家は給油スタンドのようなものだった。わが家の父さんは旅まわりの父さんで、家にはちょっと立ち寄るだけ、ひと休みしたら、またどこかへ向かう。目的地は不明。なにがそうさせていたのだろう。お金ではない。お金ならあった。立派な家に、車が何台か。裏庭にはプールまであって、手に入らないものなどなにひとつないかのような生活。出世でもなかった。自分で会社を経営していたのだから。そうした類ではない、もっと別のもの。だが、それがなにかはわからない。いつも夢を追いかけているかに見えた。どこのなんであれ、そこに達すること自体は重要ではなく、大事なのは立ち向かうこと、戦うことで、ひとつ終えたらまたひとつと、この戦いには終わりがなかった。だから働きづめだった。休みなしだった。何週間も家を留守にすることがよくあって、行き先はニューヨークやヨーロッパや日本。そして妙な時間、たとえば夜の九時ごろ帰ってきて、酒を注いで、自分の居場所、形ばかりの父の座をとりもどす。びっくりするようなみやげ話を、いつもしてくれる。

「ナゴヤで」と帰宅したある晩、話しはじめたことがあった。母のとなりにすわり、ぼくを足もとに呼びよせて。「頭のふたつある女性を見たよ。ほんとうだとも。頭のふたつある魅力的な日本女性が、茶の湯《ティーセレモニー》を披露する、その姿のあでやかなこと、美しいこと。どちらのほうがより魅力的かと聞かれても、答えようがない」

「頭のふたつある女の人なんて、いるわけないよ」ぼくはいった。

「そうかい?」父はぼくの顔をじっと見かえし、「ご指摘ありがとう、世界中を旅してなんでも見てきた十代の物知り君。では前言撤回としようかな」

「ほんとなの？」あらためて、ぼくは聞いた。「頭がふたつ？」

「ほかはどう見てもふつうの女性」父は話をつづけた。「ゲイシャなんだ、実は。ふだんは人前に出ず、ゲイシャ界の複雑なしきたりを覚える毎日だから、めったにその姿を見ることはできない。つまり、きみが疑うのも無理ないんだよ。父さんは取引先の友人や政府関係者に知り合いがいたおかげで、秘密の聖域に入りこむことができた。彼女のどこがおかしいんだ、という顔で平然としていなければならなかったのは、もちろんだけどね。ほんのちょっと眉を吊りあげただけでも、歴史的侮辱行為となりかねない。ほかのみんなと同じようにお茶をいただいて、小さな声でそっと『ドーモ』といっただけ。日本語でね、『ありがとう』という意味なんだ」


することなすこと、突飛だった父。

家では、留守のあいだの魔法がとけて、しだいに父のいることが当たり前となる。酒は飲んでも少しだけ。怒ることはなかったが、不満げで途方にくれた様子は、まるで深い穴にでも落ちたかのようだった。帰宅して間もないころは眼を輝かせ、夜の闇でも光って見えるにちがいないと思ったそれが、三日もたたないうちに曇りはじめる。家にいるのは苦手だといわんばかりの顔になり、苦しみはじめる。

というわけだから、死を待つのにも向いてはいなかった。家で過ごすのが、なおのこと辛くなっただけ。最初のうちは少しでも苦痛を和らげようと、どこだか知らない世界各地の知り合いに電話をかけていたが、病気が進行して、じきそれもできなくなった。やがて父はただの人となった。仕事のない、話すべきこともない、ただの人となった父について、なにひとつ知らないことにぼくが気づいたのは、そのときだった。

「いまいちばん、なにがしたいか、わかるか」この日、父はぼくにいう。意外に元気そうで、ベネット先生のいうように、最後の別れをせねばならない人には見えない。「水を一杯、いいかな」

「うん、もちろん」

水を汲んできて、父が飲むあいだ、こぼれないようぼくはコップの底をささえていてやる。そして微笑みかける。眼の前にいる父は、もう父には見えない。父の改訂版というか、連作の一点というか、似て非なるもので、あらゆる部分が損なわれてしまっている。以前は見るのが辛かった。変わり果てた父を見るのが。けれども、もう慣れた。髪はすべて抜け落ち、皮膚もしみやかさぶただらけだが、もう慣れた。

「この話は、したかな」ひと息ついて、父はいう。「毎朝、会社の近くのコーヒーショップを出たところで、声をかけてくる物乞いがいた。いつも二十五セントやっていた。いつもだ。そのうち日課みたいになって、相手はもうなにもいわない——頼まれなくても、父さんのほうから二十五セントやっていた。そのうちこっちが病気になって、二週間ほど仕事を休んで、ようやく復帰して、また顔を合わせたときだ。その物乞い、なんていったと思う」

「なんていったの?」

「締めて三ドル五十セント」

「傑作だね」

「ああ、笑いに勝る妙薬なし」と父はいう。が、ふたりとも笑ってなどいない。頬をゆるめてさえいない。ただじっとぼくを見つめる父の顔が、深い悲しみに包まれる。そうやって父の感情は時おり、するりと入れ替わる。誰かがチャンネルを切り替えたみたいに。

「合っている気がするよ」父はいう。「わたしが客間で寝るのは」

「どういうこと?」ぼくは聞きかえす。答えは承知のうえで。同じ言葉を、父は以前にも口にしている。母といっしょの寝室からこちらへ移るといいだしたのは、父自身なのだが。「毎晩ベッドに入っても、夫は出かけたあとで、となりは空っぽ。寒さに震えながら眠らなきゃならないなんて思いを、母さんにしてほしくないからな。わかるだろう」ひとりこの部屋に隔離されていることが、自分の人生の象徴であるかのように、どこかで父は感じている。

「ちょうどいい、わたしはこの家では、お客みたいなものだから」妙にきちんとした部屋を見まわしながら、父はいう。滞在客に不自由があってはならない、そう考える母の手によって、部屋はホテルの一室のごとく整えられていた。小ぶりの椅子が一脚、ベッドサイドテーブル、壁にはよくある名画の複製、その下には整理だんす。「留守にしてばかりだったからな。家にいることは、ほとんどなかった。家族みんなの願いとは裏腹に。見てみろ。おまえは、もう立派なおとなだ。いつのまにか――父さんの知らぬ間に」そこで唾を飲みこむ。いまの父には、それすら辛い。「見守っていてやれなかった。だろう、え?」

「まあね」とぼくは答える。たぶん、ちょっと早口ながら、精いっぱい、やさしい声で。

「おい」いってから、父は軽く咳きこむ。「嘘は、つかなくていいんだぞ、父さんが、その、なんだからといって……」

「だいじょうぶ」

「真実、ただ真実のみ」

「告げることを――」

「誓う相手は神《ゴッド》でもフレッドでもかまわん」

父はまた水をすする。喉が渇いて、というより、物質そのものを舌で、唇で、感じたいかのように――父は水が大好きなのだ。よく泳いだのは、昔の話。

「その、なんだ、父さんの父親も、留守がちだったから」少しかすれた声で、父は静かにつづける。「よくわかるよ。農夫だった。話しただろう、たしか。いつだったか、畑に蒔く特別な種を、探しに出かけたときのことだ。貨物列車に飛び乗って……。晩にはもどる、という約束だった。ところが、いろいろあって、途中下車しそこなって、とうとうカリフォルニアまで行ってしまった。春いっぱい、もどってこなかった。種蒔きの季節が来て、過ぎ去って……でもやっと帰ってきたときには、世界中どこを探してもないような、すばらしい種を手にしていた」

「あててみせるよ」ぼくはいう。「その種を蒔くと、蔓がどんどんのびて、どこまでものびて、雲を突き破った。雲の上にはお城があって、大男が住んでいた」

「どうして知っているんだ」

「そこへ頭のふたつある女の人があらわれて、大男にお茶をごちそうするんだ。まちがいない」

父は眉を吊りあげ、にやりとする。なんともうれしそうな、一瞬。

「覚えていたか」

「もちろん」

「話を忘れないかぎり、相手は——それを話してくれた人間は、生きつづける。知っていたか?」

ぼくはかぶりをふる。

「ほんとうだとも。とはいっても、中身は信じちゃいないんだろう、どうせ」

「まずいかな」

父はぼくを見つめる。

「いいや」答えて、父はいいなおす。「まずいかな。いや、わからん。ともかく、覚えていてくれたわけだ。要はその、なんだな――父さんだって、もっと家にいようと努力した。努力はしたんだ。でもそのたびに、あれやこれやの邪魔が入った。天変地異。大地が割れたり、空が落ちそうになったことだって、一度や二度ではない。命からがら、逃げださねばならないことも、あった」

かさついた、しわだらけの手がのびてきて、ぼくの膝に触れる。白い指、ひびわれて光沢を失った、古い銀食器を思わせる爪。

「いなくて寂しかったといえるほど」ぼくはつぶやく。「ぼくは父さんのこと、知らないから」

「教えてやろう――なにがいけなかったか」膝を放し、父はぼくを手招きする。ぼくは身を寄せる。聞きたい。これが最後の言葉となるかもしれないのだ。

「父さんな、**立派な人になりたかったんだよ**」声をひそめて、父はいう。

「ほんとに?」意外だ、といわんばかりにぼくは聞きかえす。

「ほんとうだとも」父はいう。ゆっくりした口調、かすれ声だが、言葉は揺るぎない。強い意思がこもって感じられる。「信じられるか? 自分はそういう運命にあると思っていた。めざすは大海の大物《ビッグフィッシュ》。最初から、そう決めていた。出だしは、みじめなものだった。長いこと、人の下で働いて。それから、自分で商売をはじめた。鋳型をこしらえて、地下室でロウソクづくり。これは失敗だった。次はカスミソウを花屋に卸す商売。これも失敗。で、最後に貿易の仕事をはじめた。とたんにすべてがうまく行きだした。ある国の首相と夕食をともにしたことだってある。一国の首相とだぞ、ウィリアム。信じられるか、アシュランド出の、名もない少年が、一国の首相と、同じ部屋で……。足を踏み入れたことのない大陸はひとつもない。ひとつもだ。世界に大陸は、たしか七つ、だったな？　近ごろ物忘れがひどくなって、なにを……まあ、いい。そうしたすべてが、いまでは虚しく思える。わかるか。その、偉大な人物とはなにかさえ、もうわからない。つまり、条件だな。どうだ、ウィリアム」

「どうって？」

「おまえには、わかるか。偉大な人物とはなにか」

答えを探しながら、質問したことを早く忘れてくれないかな、とぼくは心の片隅で願う。父の思考はあてもなく漂いがち。ところが、ぼくを見つめる顔つきからして、いまは忘れそうにない、ただそのことだけを父は考え、返事を待っている。どうしたら立派になれるかなんて、わからない。考えたこともない。といっても、いまの状況で、「わからない」は許されない。ここはどうにかして切り抜けねば、とできるだけ身軽にかまえて、答えが閃くのをぼくは待つ。

「思うに」少しして、ぼくは口を開く。言葉を選びつつ、「自分の息子に愛されているといえるなら、その人は立派な人、偉大な人物、といっていいんじゃないかな」

このていどの答えかたしか、ぼくにはできない。父に捧げる、偉大さのあかし。広い世界を飛びまわって、探しつづけたものが、なんのことはない、実はこの家にあったのだ、と……。

「ああ」と父は応じる。「そういう考えかたも、あるか」口ごもり、また急に少し意識が混濁してきた様子で、「そいつは、思ってもみなかったな。でもだ、そうやって、考えるなら、その、いまのこれを、自分に、あてはめて――」

「そうだよ」ぼくはいう。「よって汝は永遠にわが父親、エドワード・ブルーム、とても偉大な立派な人物なり。フレッドよ照覧あれ」

剣の代わりに手をのばし、ぼくは父の肩を軽く叩くまねをする。

その言葉に安心したのか。父は眼を閉じたきり、開かない。なにか不気味で、これが臨終、旅立ちのときなのだとぼくは感じる。窓のカーテンがひとりでに揺れるのを見て、父の魂があの世へ向かおうとしているのだと確信する。けれどもそれは、セントラルヒーティングの風のせい。

「頭ふたつの女性のことだが」眼を閉じたまま、寝入り端の寝言のように、父がつぶやく。

「その話なら、もう聞いたよ」父の肩を、ぼくはそっと揺する。「頭ふたつの女の話はもう聞いた、いいね、父さん」

「誰がまたその話をするといった。なにも知らんくせに」

「ちがうの?」

「いましようとしたのは、彼女の妹の話だ」

「え、その人、妹がいたの?」

「おい」いって、父は眼を開け、また元気になる。「父さんが冗談をいうと思うか?」

川で会った少女

ブルーリバーの土手近く、一本のオークの木陰に、父さんがよく立ち寄って休む場所があった。枝葉を大きく広げたオークはちょうどよい陰をつくり、地面はひんやりとした柔らかな緑の苔におおわれていて、そこに横たわり、時おり居眠りすると、川のせせらぎが子守歌のようで心地よかった。ある日ここへ来て、いつものようにうとうとしかけ、はっと眼を覚ますと、川で若い美しい女性が水浴びをしていた。長くのばした髪が、黄金色の輝きを放ちながら剝きだしの肩にふわりとかかっている。両の胸は小さく丸く、その手で冷たい川の水をすくっては顔にかけ、そのまま滴が胸を伝い川面へと流れおちるにまかせていた。

エドワードは物音をたてまいとした。**動くなよ。少しでも動いたら気づかれるぞ。**そう自分にいい聞かせた。彼女を驚かせたくはなかったから。それに正直なところ、女性の生まれたままの姿を見るのは初めてだったので、少しでも長く眺めていたいという気持ちも、あった。彼女がどこかへ姿を消してしまうまで。

ヘビに気づいたのは、そのときだった。ヌママムシにちがいなかった。さざ波をたてながら、彼女のほうへと泳いでゆく。小さな毒牙で獲物をとらえようとしている。あんな細いヘビに咬まれたくらいで人が死ぬなんて信じがたいことだが、でも死ぬのだ。カルヴィン・ブライアントがそうだった。足首を咬まれて、数秒後には死んでいた。カルヴィン・ブライアントは彼女の二倍はあろうかという、図体の大きな男だった。

だから迷っている間はなかった。本能の命ずるままエドワードは両腕を大きく前へのばし、頭から川に飛びこんだ。毒ヘビはいまにも彼女のほっそりした腰に咬みつかんばかりだった。彼女は悲鳴をあげた。無理もない。男が川に飛びこんで、自分に向かってきたのだ。悲鳴をあげるのも無理はない。彼が立ちあがると、その両手につかまれてヘビが大暴れしていた。必死でなにかに咬みつこうとしていた。彼女はまた悲鳴をあげた。エドワードはどうにかそのヘビを自分のシャツの裾でくるんだ。殺生はきらいな、ぼくの父さん。あとでヘビを集めている友人のところへ持っていくつもりだった。

それはいいとして、またとない場面である。若い男と女がブルーリバーで腰まで水につかったまま、上半身裸で、見つめ合っている図。陽の光があちこちで川面に反射し、きらめいている。でもふたりのいる場所は陰が多く、そこで互いに様子をうかがい合っている。あたりはしんとして、川のせせらぎや風の音以外、なにひとつ聞こえない。言葉が出てこなかった。だって、なんといえばいい？　**ぼくの名はエドワード。きみは？**　なんて切りだすわけにはいかないだろう、まさか。彼女のようにいうのがふつうだ。ようやく口が聞けるようになったところで、こんなふうに。

「命の恩人だわ」

たしかに。毒ヘビに咬まれそうだったところを、助けたのだから。それも命懸けで——とまでは、ふたりとも口にしなかったけれど。口にする必要などない。いわなくても、わかっていることだった。

「勇気があるのね」彼女はいった。

「そんなことないです」年はたいしてちがわないのに、丁寧な言葉遣いでエドワードは答えた。

「あなたの姿が見えて、それからヘビがいるのに気づいて、だから——だから、飛びこんだまでです」

「お名前は？」

「エドワード」

「いい、エドワード。これから、この場所はあなたのものよ。こう呼ぶことにしましょう——〈エドワードの森〉。木も、川のこの場所も、水も、みんな、あなたのもの。なにか気落ちするようなことや願いごとがあったら、ここへ来て休んで、よく考えてみて」

「オーケー」とエドワードは答えた。なにをいわれても返事は「オーケー」だったにちがいない。水面よりだいぶ上にあるはずの頭が、ゆらゆらたゆたっていた。この世ではない世界に、瞬時にして飛んでしまったみたいだった。飛んでいったきり、まだもどってきていなかった。

彼女はにっこりとした。

「あっちを向いていてくれる。服を着るから」

「オーケー」

答えてエドワードはうしろを向いた。堪《こた》えられない気持ちで真っ赤になりながら。最高にいい気分で、もうだめだと思った。生まれ変わって、まったく別の、すばらしい人間になった気がした。

女性が服を着るのにどれくらい時間がかかるものなのか、見当もつかなかったので、たっぷり五分待った。そしてふりむくと、もちろん、彼女はいなかった。消えていた。そんな気配も音もしなかったはずなのに、消えていた。大声で呼んだなら――そうしたいところだったが――名前がわからなかった。最初に聞いておけばよかったと、エドワードはつくづく思った。

風がオークの葉を揺らしていた。川はさらさらと流れている。でも彼女はいない。それにシャツの裾から出てきたのはヘビではなく、棒きれだった。小さな茶色い棒きれ。

でもヘビに見えなくもなかった――そう、ヘビさながら。川へ放り投げると、泳いで彼方に消えた。

穏やかな魅力

彼には独特の魅力があったと、みんないう。ものごとを控えめにいう天才。ふと気づいたように人を思いやる名人。そして——恥ずかしがり屋だった。なのに、もてたのだ、ぼくの父さんは、女の人に。いわば穏やかな魅力。おまけにハンサムでもあった。といっても、本人は一度もそんなふうに思ったことはない。誰とでも友達になれる人だった。誰もが、友達だった。

愉快な人だったとみんないう。そのころから。おかしなジョークをよく聞かせてくれた、と。人がたくさんいるところでは、自分の殻にとじこもりがち。でもひとりになると——その機会をアシュランドの女性はみんなして狙っていたにちがいない——相手をお腹の底から笑わせる。笑い声が、夜になっても聞こえていたという。父さんとすてきな娘たちの笑い声が、夜の町にこだまして、家のポーチから、陽気に。笑い声を子守歌に眠るのが、アシュランドの人たちは好きだった。そういう時代だったのだ、当時は。

大男の転身

父さんの若いころの手柄話は山ほどあって、それこそ数えきれないほどが、いまでも語り草になっている。なかでもいちばんすごいのは、大男カールをおとなしくさせてしまった話だろう。なにしろこれはほんとうに命懸けだったのだから。カールは身の丈がふつうの人の二倍、横幅は三倍、力は十倍もある大男だった。顔も腕も傷だらけなのが野蛮に生きているしるし、人間より獣に近いことのあかしだった。そしてこれもまた野蛮な、態度やふるまい。ふつうの母親からふつうに生まれたという話だが、それがなにかのまちがいであることがわかるまでに長くはかからなかった。とにかく大きすぎるのだ。母親が朝買って着せた服の縫い目が午後にはほつれるほどの速さで、カールは大きくなった。樵《きこり》がつくった特製のベッドに夜寝ると、朝には足がはみだしていた。それにまた一日中、食べてばかり！　母親がいくら食料を買ってきても、畑で収穫しても、追いつかない。台所の棚は夜になるといつも空っぽ。それでもまだ腹が減ったと文句をいう。巨大な握り拳でテーブルを叩いて、もっと食わせろと叫ぶのだった。「はやく！」と大声で。「おふくろ、はやく！」これが十四年つづいたところで、母親は耐えきれなくなり、ある日、カールが鹿の骨つき肉にかぶりついているあいだに荷物をまとめ、裏口からこっそり姿を消して、それきりもどらなかった。母親がいなくなったことにカールが気づいたのは、食べるものがすっかりなくなってからのことだった。カールは不機嫌になり、怒りだした。それよりもなによりも——腹ぺこになった。

アシュランドへやってきたのは、そんなときだった。夜、町の人びとが寝ているあいだに、カールは畑や庭に忍びこんで食べ物をあさった。最初のうちはそこに生えているもの、なっているものだけを食べるという具合だった。朝、アシュランドの人びとが眼を覚ますと、トウモロコシ畑が荒らされ、リンゴの木は丸裸、給水塔の水も空《から》になっていた。みな、どうしてよいかわからなかった。大きくなりすぎたカールは家を出て、町の背後に横たわる山のなかに住んでいた。そんな山奥へ、誰がカールを追って入ってゆけるだろう。なにができるというのだろう、町の人びとに。カールはいまや身の毛もよだつ怪物さながらだというのに。

畑や庭を荒らされる日がしばらくつづいたある日、今度は犬が六匹、行方不明になった。命あるもの、町の命までもが危機にさらされようとしていた。なんとかせねば。でも、どうすればいい？

父さんがある計画を思いついた。危険な作戦ではあったが、ほかに方法がないということで、町の人びとの同意を得ると、ある晴れた日の朝、父さんは出発した。めざすは山奥にある洞窟。

そこにカールは住んでいるにちがいないと、父さんは考えていた。

洞窟の入口は松の木立と、大きな石塊《いしくれ》の山の陰に隠れていた。父さんがその場所を知っているのは、何年も前に山へ迷いこんだ少女を助けたことがあったからだった。洞窟の前に立ち、父さんは大声で呼んだ。

「カール！」

自分の声がこだまして聞こえた。

「出てこい！　そこにいるんだろう。町の人たちから伝言がある」

深い森の静寂が流れたかと思うと、がさごそいう音が聞こえ、地鳴りがして、大地がぐらついた気がした。真っ暗な洞窟から、カールが姿をあらわした。想像していた以上の大男だった。それに、ああ、なんという恐ろしい風貌。体じゅう傷だらけなのは野性にもどって暮らしているせい――空腹のあまり我慢できず、まだ生きたままの獲物にかぶりついたり、時には暴れるそれに咬みつきかえされることもあるせいだった。黒い髪はのび放題でべとつき、もじゃもじゃのひげには食べ物のかすがこびりついて、小さな柔らかい細長い虫たちが蠢きながら、その掃除をしている。

父さんの姿を見るなり、カールは笑いだした。

「なんの用だ、ちびすけ」大きくにたりとして、カールはいった。

「アシュランドへ食べ物を盗みに来るのは、やめるんだ」父さんはいった。「作物がなくなって、農家の人たちが困っている。子供たちも、犬がいなくなって寂しがっている」

「なに？　そんなことを、おまえはいいに来たのか？」カールの声が谷間にこだました。もちろん、はるかうしろのアシュランドまで届いて聞こえたにちがいない。「なんの、おまえなど、この手でひねりつぶしてくれる。木の枝みたいにな」

そういってカールはかたわらの松の枝をつかみ、手で粉々に握りつぶしてみせた。

「なんの」とカールはこうもいった。「おまえなど、この口でひとのみにして、おしまいだ。ほんとだぞ」

「そのために、来たんだ」父さんはいった。

カールの頰がぴくついた。父さんの言葉に戸惑ったか、蛆虫の一匹がひげから頰にまで這いのぼったせいか。

「どういう意味だ。そのために来たとは」

「食べてもらいに――ぼくが最初の生贄《いけにえ》となる」

「最初の……生贄？」

「きみにこの身を捧げよう、おお、偉大なるカールよ！　その力には誰しもひれ伏すしかない。大勢の命を救うため、多少の犠牲を払うことはやむをえないと、町の人たちも気づいたんだ。

というわけで、ぼくは――なんだろう――昼ごはんかな？」

父さんの言葉にカールは面食らったようだった。頭をはっきりさせるため、カールは首をふった。もじゃもじゃひげから虫が地面へと飛び散った。体が震えだし、一瞬倒れそうになって、岩壁に寄りかからねばならなかった。

なにかで一撃を食らったかのような反応だった。戦いで傷を負ったかのようだった。

「おれは……」小さな声でカールはいった。寂しそうな声ですらあった。「おまえを、食いたくはない」

「食いたくない？」聞きかえしながら、父さんは内心ほっと胸を撫でおろした。

「そうだ」カールはいった。「誰も食いたくなんかない」打ちのめされたような顔で、カールは大粒の涙をこぼしはじめた。「ただ、腹が減ってしょうがないんだよ。前はおふくろが世界一うまいものをつくってくれた。でも出ていっちまって……どうしていいかわからなかったんだ。犬は――悪いことをしたと思ってるよ。これまでのことすべて、申し訳ないと思ってる」

「そうか」

「わからないんだ、どうしていいか」カールはいった。「見てくれ、おれを――このでかさ！食わなきゃ死んじまう。でも、ひとりぼっちのいまとなっちゃ、どうやって――」

「自分でつくればいい」父さんはいった。「作物を育てるんだ。家畜を飼うんだ」

「口でいうのは簡単さ」カールはいった。「この洞窟へ入って、もう出てこないほうがいいんだ、おれなんて。みんなに迷惑をかけすぎたよ」

「教えてやろう」父さんはいった。

その言葉の意味をカールは最初、理解できないようだった。

「教えるって、なにを」

「料理と畑仕事さ。土地なら、このとおり、いくらでもある」

「このおれでも、農夫になれると？」

「ああ」父さんは答えた。「なれるとも」

そして、そのとおりになったのだった。カールはアシュランド一の大農夫となり、父さんの手柄話はそれよりも、もっと有名な伝説となったのだった。父さんは誰もをその魅力の虜にしたという。ちょっと部屋を横切っただけで。特別な力に恵まれていたという。でも本人は控えめだった。そんなことはない、と。ただ人が好きだった、人に好かれていた、それだけのことだよ、と。

釣りに行く

それから大洪水が起きた。でも、すでに書き記され、伝えられていることのほかに、なにを話したらいいだろう。雨、どしゃぶりの雨、やむことのない雨。小川は大河となり、大河は湖となり、その水がさらにあふれて、すべての湖はひとつになった。なぜかアシュランドの町は――ごく一部をのぞいて――無事だった。ちょうどよい具合に山々が盾となり、水の流れを変えたからだと人びとはいう。その証拠にアシュランドの片方の端だけは、家やらなにやらがいまも湖の底に沈んだままで――大湖《ビッグレイク》という名はあまりにもそのとおり過ぎて味気ない気がしないでもないけれど――洪水で亡くなった人たち、幽霊たちの声が夏の夜になると聞こえるという話。でもそれよりも、この湖ですごいのは、ナマズ。人間ほどの大きさの、ナマズ。いや、もっと大きいという人もいる。深いところで泳ぐと足を食いちぎられるとか。注意しないと、足だけではすまされないこともあるとか。

そんな大ナマズを捕まえようだなんて、考えるのは愚か者か英雄、でなければ、ぼくの父さんくらいのもの。思うに父さんには、両方に通じるところがあったのだ。

ある朝、まだ暗いうちから父さんは出かけた。湖の真ん中のいちばん深いところめざして、ボートを漕ぎだした。餌？　餌はネズミ。トウモロコシ用の納屋で見つけたネズミの死骸。それを鉤にひっかけて投げ入れた。湖底につくまでに、たっぷり五分かかった。それから、ゆっくりと引きあげていった。すぐに当たりがきた。ところがネズミも鉤も、ぜんぶ持っていかれておしまい。そこでもう一度。今度は大きな鉤に強い糸を結び、よく太ったネズミの死骸をひっかけて、投げ入れた。湖面には波が立ちはじめていた。波立ち、泡立ち、うねり、湖の精がさわぎだしそうな気配だった。エドワードはかまわず釣りをつづけた。ひたすら獲物を待った。でもそのうち、まずいかもしれない、と思ったのは、湖の底のほうが、もはやまるで湖らしくなかったから。恐ろしく見えたから。ネズミは引きあげ、ボートを漕いで岸へもどったほうがいいかもしれない。よし、そうしよう、とリールを巻きはじめたところで、糸より自分の体のほうがひっぱられていることに、エドワードは気づく。前へ。ぐいとリールを巻くと、ぐいとひっぱられる。どうしたらいい？　答えは簡単。竿を手放すのだ。放せ！　投げ捨てて、さよならしろ。なにがかかっているか、自分をひっぱっているか、わかったものじゃない。ところが、それができない。投げ捨てることができないのだ。両手が竿にくっついてしまったかのよう。ならば次なる手段はと、エドワードは考え、リールを巻くのをやめる。だが、これも効果がない。まだ前へひっぱられる。体がぐいと、前より強く、ぐいと。ということは、相手は丸太ではないだろう、当然。ひっぱっているのは別のなにか、なにか生きもの——ナマズだ。イルカのようにそれはとつぜんエドワードの眼前に躍り出て、宙で弧を描き、朝陽を浴びて美しく、怪物さながら、恐ろしい姿で——二メートルだか、三メートル？——はありそうな体で、エドワードをひっぱって、また水中へと潜ったものだから、エドワードはボートから転げ落ち、深みへと連れて行かれ、すると見えてきたのは、ビッグレイクの水中墓場。家々や農園や、畑や道路といったアシュランドの一角が、洪水で沈んだままになっている。人びとの姿も見えた。あれはホーマー・キトリッジと奥さんのマーラだ。ヴァーン・タルボットとキャロル・スミスもいる。ホーマーは馬に桶いっぱいの飼い葉をやり、キャロルはマーラにトウモロコシの話をしている。ヴァーンはトラクターを運転している。水深何メートルも先の、薄暗い緑色をした湖底で、誰の動きもスローモーション。しゃべると口から小さな泡が出て、水面へと立ちのぼっていく。ナマズにひっぱられながら横を勢いよく通りすぎるエドワードに気づいて、ホーマーが笑顔を見せ、手をふろうとするが——顔見知りの間柄だったから——ふり終わらないうちに、大魚と釣り人、ナマズとエドワードは勢いよくまた水面へ向かい、宙へ飛び跳ねて、エドワードは放りだされ、竿から自由の身となって、ようやく岸へ。

エドワードはその話を誰にもしなかった。できなかった。だって、誰が信じるだろう。なくした釣り竿とボートのことを聞かれ、エドワードはこう答えた。ビッグレイクのほとりでうとうとし、夢を見ているうちに、知らぬ間に……流されてしまったんだ、と。

旅立ち

という具合に、大まかに話すならだいたいこんな感じで、エドワード・ブルームは大きくなった。健康でたくましく、両親にも愛されていた。高校もぶじ卒業。アシュランドの緑の野山を仲間たちと駆けめぐり、飲んだり食べたり、食欲も旺盛だった。まるで夢のような毎日。ただそんなある朝、眼を覚ますと心の声がして、旅立ちのときをエドワードは知り、父親と母親にもそう告げたのだった。ふたりともひきとめようとはしなかった。顔を見合わせただけ。というのもアシュランドを出る道は一本しかなく、それを辿ってゆけば、〈名前のない場所〉を通らざるをえないことを知っていたからだった。アシュランドを出る運命にある者は、なにごともなくそこを通過できる。けれども町を出られない運命にある者は、永遠にそこを動けない。先へ進むことも引きかえすこともできなくなる。だから息子に別れを告げるさい、もう二度と会えないかもしれないと両親は思った。エドワードも同じだった。

旅立ちの朝は快晴。けれども〈名前のない場所〉に近づくにつれ暗くなり、雲がたれこめて、濃い霧があたりを覆いはじめた。まもなく辿り着いた町はアシュランドと瓜ふたつだったが、大事な点でいくつかちがっていた。目抜き通りには銀行、コール薬局、クリスチャン書店、タルボット雑貨店、プリケット食堂、ファイン時計宝石店、グッドフード・カフェ、プールバー、映画館、空き地、金物屋などが並び、食料品店もあったが、置いてある品物はエドワードが生まれる前の時代のものばかりだった。何軒かはアシュランドの目抜き通りにも実際にある店で、ところがここではどの店もみながらんとして暗く、窓ガラスにはひびが入り、店の主人たちは一様に虚ろな眼で客の来ない出入り口の扉を見つめている。父さんに気づくと、その顔に笑みが広がった。にっこりして主人たちは手をふった。**客だ！**　と思ったのだ。通りの端には売春宿もあったが、いわゆる町の売春宿ではなかった。ごくふつうの家に、売春婦がひとり住んでいるだけだった。

町なかを歩いていると、人びとが駆け寄ってきた。父さんのたくましい両手にその視線が集まった。

出ていくのか？　と人びとは聞いた。**アシュランドを出ていくのか？**

妙な人たちだった。男のひとりは片腕が縮んでいた。右腕の肘の先がすぐに手で、上腕もしなびている。袖口からかろうじて手の先が見えているさまは、紙袋から猫が頭でものぞかせているようだった。何年も前のある夏、彼は片腕を窓から出し、風を受けながら車を運転していた。ところが路肩に寄りすぎて、風の代わりに電柱の一撃を腕に食らってしまったのだった。

二の腕の骨は粉々。いまや手はただそうしてぶらさがっているだけで、使いものにならず、時がたつにつれさらに縮もうとしている。彼も父さんを歓迎して、笑顔を見せた。

五十代半ばの女もいて、これはだいたいどこも問題のない、ふつうの女性だった。とはいっても、ここにいる人たちはみんなそう。ほかはどこもかしこもふつうなのに、ひとつだけ——ただ一か所だけ見るもおぞましい部分があるのだ。彼女の場合は数年前、仕事からもどると夫が家の地下室で配水管から首を吊っていた。それを見たショックで顔の左半分が永久に麻痺。唇の端が左側だけ大きく曲がり、ひどいしかめっ面をしたように眼のまわりの肉も垂れさがっていた。そちら半分はまったく動かないので、話すときも口は右側しか開かず、声が喉の奥のほうにこもって聞こえる。言葉がそこでつかえて、先へ出てこないのだった。そうしたあれやこれやがあって、彼女はアシュランドを出ようとしたのだが、ここから先へは行けずにいた。

ほかに生まれつきその姿、この世に生まれてしまったこと自体が人生最初で最悪の事故という者たちもいた。たとえば脳水腫のバート。彼は掃除夫だった。どこへ行くにも箒を手にしていた。バートは売春婦の息子で、町の男たちの悩みの種——だいたいみな彼女と寝ているので、誰が父親でもおかしくないのだった。彼女にいわせるなら、みんな父親。彼女は好きで売春婦になったわけではなかった。町にひとりは必要だからと、その役を押しつけられただけだった。年月がたつにつれ彼女の心はすさんでいき、特に息子が生まれてからは、客の男たちを憎まずにいられなくなっていた。息子は彼女にとって大きな喜びであるとともに、たいへんな重荷でもあった。息子バートは、覚える、ということを知らない。それで、よく「父さんは?」と聞く。母親はただ窓の外をふりむき、通りかかった最初の男を指さして「あれがそうだよ」と答える。バートは走り出て男の首に抱きつく。ところが翌日にはきれいさっぱりと忘れて、また「ぼくの父さんは?」と聞く。別の男に抱きつく。そのくりかえしだった。

最後に父さんが出会ったのは、ウィリーという名の男だった。ウィリーはベンチにすわっていて、父さんが近づくと、待ちかねていたように立ちあがった。唇の端が乾いてひび割れている。髪は灰色でごわごわとし、瞳は黒く小さく、手の指が三本欠けていて(片手の二本と、反対側の一本)、しかも年老いていた。年も年、人間これ以上の年月を生きるのは無理ではないかと思うほどに年老いながらも、まだ生きているため、ウィリーは人生を逆もどりしはじめていた。縮みはじめていた。いまや赤ん坊のように小さくなろうとしている。動作はゆっくりとして、膝まで水につかりながら歩いているかのような足どりで父さんに近づくと、ウィリーは強ばった笑みを浮かべた。

「われらが町へようこそ」愛想はよいながらも、どこか物憂げな口調だった。「案内してさしあげましょうかな?」

「長居はできないんです」父さんは答えた。「通りかかっただけなので」

「みんな、そういう」ウィリーは父さんの腕をとって歩きだした。

「いずれにせよ、急ぐ必要はなかろう。せめてなにがあるかくらい、見ていくべきじゃあないかね。ここに店が一軒ある。小さいが、いい店だ。そしてこっち――こっちには……」とウィリーはつづけた。「玉突きが好きなら、ここに来ればいい。そら、ビリヤードだ。気に入るぞ、きっと」

「ありがとうございます」エドワードは礼をいった。ウィリーやほかの人びとの気分を害してはいけないと思ったから。みな注目していて、すでに三、四人があとにくっついて、がらんとした通りをいっしょに歩きはじめていた。少し距離を置きながらも、エドワードに話しかけたくてたまらない様子だった。「ありがとうございます、どうも」

腕をさらにぐいとつかんで、ウィリーは案内をつづけた。薬局、書店、それからこっそりと眼くばせしつつ、売春婦の家。

「彼女も、いい」そういったとたん、なにか余計なことでも思い出したか、ウィリーは付け加えた。「いつもとは、いえんがな」

空はいよいよ暗く、やがて小雨がふりだした。ウィリーは顔を仰向け、雨粒が眼に入るのもかまわずにいる。父さんは手で顔をぬぐい、しかめっ面をした。

「町には、よく雨がふる」ウィリーはいった。「でも、じき慣れるだろう」

「すべてが、なにかこう……湿っぽい感じですね」父さんはいった。

ウィリーは父さんをちらと横眼で見た。

「慣れるさ、じき。ここは、そういう場所でな、エドワード。ものごとに、慣れる場所」

「ぼくはいやだな、そういうの」

「それも、慣れる」ウィリーはいった。「じき、慣れる」

ふたりは無言で歩きつづけた。霧が足にまとわりつき、雨が音もなく髪や肩を濡らす、薄ぼんやりとした朝、奇妙な町のなかを。人びとが町角に集まり、見守っていた。あとについて歩きだす者も、あとを絶たなかった。そのなかのひとり、やつれて、擦りきれた黒いスーツに身を包んだ男と父さんの眼が合った。詩人のノーザー・ウィンスロウだった。ほんの数年前、作家になるためにアシュランドを離れ、パリへ向かったはずの男。その場に立ち尽くしてエドワードを見つめ、笑みを浮かべそうになったウィンスロウだが、ふと見ると右手の指が二本ない。父さんの視線に気づいたウィンスロウはとたんに青ざめ、指のない手を胸に押しつけるようにして通りの角へと姿を消した。アシュランドの人びとに期待されていた人物だった。

「ああ、そうとも」一部始終を見届けてから、ウィリーがいった。「おまえさんのような人間が、しょっちゅうここを通りかかる」

「どういう意味ですか」エドワードは聞いた。

「凡人」答えてから、言葉の後味が悪いとでもいうように、ウィリーは唾を吐いた。「平凡な計画を持った、平凡な人間。この雨、この湿っぽさは――いわばかすだな。夢の残骸。みんなの夢の――という意味だが。わしや、いまの男や、あんたの」

「いっしょにしないでください」

「そうだな」ウィリーはいった。「まだ早い」

犬があらわれたのは、そのときだった。最初は霧のなかを動くぼんやりとした黒い影でしかなかったのが、くっきりと眼の前に。胸に白の斑《ふ》が入り、四肢の先が茶色いだけで、あとは全身まっ黒な犬だった。毛は短くかたく、特になんの種類というのでもなさそうな――ただの犬。いろいろな犬の特徴を合わせたような、犬。それが近づいてきた。ゆっくりと、だがまっすぐ、消火栓や電柱のにおいも嗅がず、寄り道もせずに、歩いてくる。犬はどこかへ向かっていた。犬がめざしているのは――父さんだった。

「これは?」エドワードは聞いた。

ウィリーはにやりとした。

「犬」と答える。「誰でもかならず、調べに来る。遅かれ早かれ。たいていは、すぐ調べに来る。番犬だな、いわば。わかるかね」

「いいや」エドワードはいった。「わからないな、どういう意味なのか」

「いまにわかる」ウィリーはいった。「じき、わかる。呼んでみなさい」

「呼ぶって——名前は？」

「名はない。人に飼われたことがないから、名がつかない。**犬**でいい」

「**犬**」

「そう、**犬**だ」

父さんはひざまずき、手を叩いて、やさしく声をかけた。

「ほら、**犬**！　こっちへおいで！　さあ、おいで、いい子だ」

一直線上を歩いていた**犬**は足をとめ、長いことエドワードを見つめた——犬にしては長いこと、という意味だが。たっぷり三十秒間。背中の毛を逆立て、眼は父さんの眼を見据え、口を開いて**犬**は恐ろしいピンク色の歯茎と牙を剝きだした。三メートルほど先で、獰猛な唸り声をあげはじめた。

「道を譲ったほうがよさそうだな」父さんはいった。「あまり好かれていないらしい」

「手を出してみなさい」ウィリーがいった。

父さんは聞きかえした。「えっ？」

犬の唸り声が大きくなった。

「手を出して、においを嗅がせるんだ」

「ウィリー、それはいくらなんでも――」

「**手を出すんだ**」

しぶしぶ父さんは手を差しだした。**犬**は一歩ずつ近づきながらも低く唸り、いまにも咬みつかんばかりだった。ところが鼻先が父さんの指の関節に触れたとたん、甘えた啼き声に変わり、手を舐めて、尻尾をふりはじめた。父さんの心臓はどきどき。

ウィリーはさもがっかりしたような顔を見せた。裏切られたといわんばかりだった。

「もう行ってもいいということかな？」立ちあがりながら、父さんは聞いた。**犬**はその脚に体をこすりつけていた。

「まだだ」ウィリーは父さんの腕をぐいとつかみなおした。指が食いこむほどに強く。「コーヒーでも飲んでいきなさい」

グッドフード・カフェの店内は仕切りがなく、緑色のビニール張りのボックス席と金色の斑点模様のついた合成樹脂のテーブルが、ただずらっと並んでいるだけだった。テーブルには紙のランチョンマットが敷かれ、食べ物のかすのこびりついた薄っぺらい銀色のスプーンとフォークがのっている。薄暗く、なにもかもが灰色に塗りこめられたようで、満席に近いのに生気がなく、客たちの空腹感や食欲もまるで感じられなかった。それでもウィリーとエドワードが入っていくと、みないっせいに顔をあげ、にっこりした。待ちかねていた料理が来たかのように。

ふたりが席につくと、頼みもしないのにウエイトレスが無言でコーヒーを持ってきた。黒々として湯気のたつ熱い液体。カップのなかのそれをじっと見つめながら、ウィリーはかぶりをふった。

「うまく行ったと思っとるんだろう、え?」にやりとして、ウィリーはコーヒーを口に運んだ。「自分は正真正銘の大物《ビッグフィッシュ》だ、と。だがな、別におまえさんが初めてというわけじゃない。あそこにいるジミー・エドワーズを見なさい。フットボールの花形選手。成績優秀。都会へ出て実業家になるのが夢だった、ひと山当てて——どうするつもりだったのか知らんが。しかし結局ここから出られなかった。肝が据わっていなかったわけだな」そして身をのりだし、押し殺した声で、「犬に左手の人差し指を食いちぎられた」

ふりむくと、嘘ではなかった。ジミーは手をゆっくりとテーブルからおろし、ポケットにつっこんで、そっぽを向いた。店内を見まわすと、エドワードに注目している客たちは残らずそうだった。指が十本そろっている者はひとりもいない。残りが数本足らず、という者さえいた。エドワードは向き直り、ウィリーにわけをたずねようとした。ところがウィリーには、人の心が読めるらしい。

「回数だ、町を出ようとした回数」ウィリーはいった。「先へ行こうとしたか、もどろうとしたか……。犬は」と、そこで自分の手を見おろしながら――「仕事熱心でな」

そのとき、まるで彼らにしか聞こえない特殊な音に促されるかのようにそろりと、周囲の人びとが席を立ち、テーブルの端まで来て、にっこりとエドワードを見おろした。何人かは父さんが幼いころアシュランドにいた人たちだった。セドリック・フォウルクス、サリー・デュマ、ベン・ライトフット。ただ当時とは、みな様子がちがっていた。体の向こうが見透かせそうで、けれどもそう思った瞬間、どういうわけか見透かせなくなり、あたかもピントが合ったりぼやけたりしているかのようだった。

人びとの向こう、店の入口には犬がすわっていた。微動だにせず、こちらを見ている。両手をこすり合わせながら父さんはこう思った――なにをぐずぐずしているんだ、いまのうちに犬をかわして外に出ないと、二度とチャンスはめぐってこないかもしれないぞ。

ローズマリー・ウィルコックスという名の女性がやってきて、テーブルの端に立った。都会から来た男に恋をし、駆け落ちを試みたものの、逃げおおせたのは彼だけ。暗い瞳が深く落ちくぼんだ顔に、かつての美しい面影はなかった。父さんの小さいころを覚えていて、また会えてうれしいわ、と彼女はいった。大きくて背が高くて、とてもハンサムになったのね、と。

テーブルを囲む人の数が増え、みんなして押し寄せてくるので、気がつくと父さんは動けなくなっていた。体を動かす余地がもうなかった。すぐ横から迫ってくる人のなかに、ウィリーよりさらに年老いた男がいた。生きた化石のような男だった。皮膚が乾いて骨にはりつき、青く浮き出た血管が氷河のようで寒々しかった。

「わ——わしは信用せんぞ、あんな犬」ゆっくりと老人はいった。「無理はせんほうがいい、若いの。一度平気だったからといって、次もうまく行くという保証がどこにある。わからん犬だ。ここにいたほうがいい」老人はさらにつづけた。「ここにいて、わしらに話して聞かせてくれ。どういう世界へ行きたいのか、そこでなにを見つけるつもりなのか」

そういって老人は眼をつむった。ウィリーも、ほかの人びとも、同じように眼を閉じて、話を聞きたがった。彼らのいう、その明るい世界が、眼と鼻の先、この暗い町のすぐ反対側で自分を待っていることを、エドワードは知っていた。だからそのとおり、語って聞かせた。話し終わると人びとはありがとうといい、にっこりした。

老人がいった。「実にいい」

「明日も話してくれるかな」誰かが聞いた。

「また明日も話してもらおう」別の誰かがささやいた。

「うれしいよ、あんたが来てくれて」男が父さんにいった。「あんたが来てくれて、よかった」

「いい娘《こ》を知ってるの」ローズマリーがいいだした。「美人よ。ちょっとわたしに似て。お世話してあげるわ、よかったら」

「申し訳ないんですけど」父さんはひとりひとりの顔を見まわした。「なにか誤解されているみたいだ。ぼくはここに住もうと思って来たわけではないんです」

「誤解があったようだな、たしかに」ベン・ライトフットが憎々しげに父さんを睨みつけた。

「でも出ていかれちゃ困るわ」ローズマリーがそっという。

「行かないと」いって、父さんは立ちあがろうとした。でも、できなかった。人びとにとりかこまれていた。

「あと少し」ウィリーがいった。「せめてもう二、三日」

「もっとよくわたしたちのことを知ってちょうだい」おぞましい手で額の毛を払いながらローズマリーがいう。「そうすれば忘れるわ、ほかのことなんか」

そのときとつぜん、人びとの輪のうしろからなにかの擦れるような音がし、悲鳴と唸り声が聞こえて、奇跡的に、男も女もひとり残らずテーブルから飛びのいた。**犬**だった。恐ろしい声をあげ、**犬**は牙を剥いた。涎を垂らすこの怪物からみなあとずさりし、両手を隠すようにぐっと胸に押しつけた。いまだとばかりに父さんは駆けだし、店を出て二度とふりかえらなかった。薄暗いなかを走り抜けると、やがて明るさがもどり、あたりも緑色のすてきな景色に変わった。舗装路が砂利道になり、砂利道が土の道に変わり、美しい魔法の世界はそう遠くないように思われた。道が途切れたところで立ちどまり、息をつき、ふと気づくと犬がすぐあとを追ってい た。舌をだらりと垂らしながら走って父さんに追いつくと、犬は温かな体を父さんの脚にこす りつけた。聞こえるのは木々と、父さんたちの足もと、うっすらとしか踏み跡のない小道を吹 き抜ける風の音だけだった。それからふいに森が開け、眼の前に湖が広がった。広大な緑の湖 面がゆるやかに弧を描きながらはるか彼方までつづいていて、ほとりでは、小さな木の浮き桟 橋が風と波に揺れていた。父さんたちは桟橋めざしておりていった。桟橋に着くと、犬は力尽 きたようにその場にへたりこんだ。父さんはあたりを見まわした。なんとなく誇らしげな気持 ちで、木立に沈む夕陽を眺め、深呼吸し、犬の温かな首まわりに手を埋めて、ゆっくりとやさ しくそこを揉んでやった。自分の心臓の筋肉を揉みほぐすかのように。犬は満足げな声をあげ た。そして陽が沈み、月がのぼると、湖面にさざ波が立ち、青白い月明かりに、あの少女があ らわれた。湖面から大きく頭をもたげ、濡れた髪から滴を垂らしながら、少女は笑っていた。 少女は笑っていた。父さんも笑っていた。少女が手をふった。手をふる少女に、父さんも手を ふりかえした。

「やあ!」父さんはいった。手をふりながら、「さようなら!」

新しい世界へ

　そうして新しい世界で暮らすことになった父さんの、まずは第一日めがどんなふうだったか、話してもらうとしたら、同僚のジャスパー・〈相棒《バディ》〉・バロンに頼むのがいちばんかもしれない。バディはブルーム社の副社長、引退した父さんの後継者。

　バディはいつも粋な身なりをしていた。眼の覚めるような黄色のネクタイ、スーツは仕立てのいい濃紺のピンストライプ、靴は黒靴で、靴下はぴったりとした薄い、肌が透けて見えるほど薄い靴下をはいていた。スーツと同じブルーで長さはふくらはぎの真ん中くらいまでという中途半端なやつを。そして絹のハンカチを、ペットのネズミみたいにスーツの左胸のポケットからのぞかせていた。それから、よく本に出てくるみたいに「こめかみに白いものがまじりはじめて」いて、ほんとうにそういう人に会ったのは、彼が初めてだと思う。残りは黒々として艶もあって、分け目は長く一直線にのび——ピンク色をした地肌のカントリーロードが頭頂部を貫いていた。

　この話をするときのバディは決まって椅子の背にもたれ、ふんぞりかえってにこにことする。

「年は、千九百何年か」という具合に出だしは決まっていた。

「誰もう思い出したくないくらい昔のことだ。エドワードは故郷の町をあとにしたばかりだった。十七歳。生まれて初めてのひとり暮らし。不安に思っていただろうか。いいや。なにも心配しちゃいなかった。おふくろさんから何ドルか渡されていたし——十ドル、いや十二ドルくらいかな——ともかく、それまで手にしたことがないほどの大金を。それに、夢を抱いていた。人生の原動力は夢だよ、ウィリアム。きみのお父さんはそのときからすでに大帝国建設を夢見ていた。でも生まれた町をあとにした日の彼は、ただのハンサムな若者でしかなかった。身のまわりの物だけ背負って、穴のあいた靴をはいた……実際には穴はなかったかもしれんが、でも、あいていたのさ、ウィリアム。穴のあいた靴をはいていたんだ。

一日めは五十キロ歩いた。夜は星空の下、松葉の寝床で眠った。そして、そう、この晩だよ、運命の最初の手がのびて、お父さんのベルトをひょいとひっぱったのは。実は寝ているあいだに、森に住む追いはぎにやられてね。こてんぱんにのされて、所持金をぜんぶ奪われた。命だけは、まあ、どうにか助かって、ところが三十年後、この話をしてくれたときには彼——これがいかにもエドワード・ブルームらしいんだな——こういったものだよ。もしあの追いはぎたちにまた会ったら——自分をこてんぱんにのして金をぜんぶ奪った悪党どもに会ったら——感謝したい、ありがとうといいたいね、と。ある意味じゃ、彼らのおかげでその後の人生が決まったようなものだから。

むろんのこと、当時は見知らぬ森で瀕死の状態、感謝するどころではなかった。それでもゆっくりと休んで翌朝には元気をとりもどし、まだ体のあちこちから血を流してはいたけれども歩きだして、どこへ向かっているのかわからない、どこでもいいと思いながらも足を一歩ずつ踏みだし、前へ前へと歩きつづけ、人生と運命の次になにが待ちかまえていようと受けて立つつもりで——いたところへ眼に入ったのが、古びた雑貨屋、田舎の万屋《よろずや》だ。店の前には老人がいて、揺り椅子をゆらゆら、ゆらゆら、前へうしろへ、前へうしろへ、うしろへ前へ、と揺らしている、その老人が、さてどうしたかというと、眼を丸くして、血だらけの人間が歩いてくるものだからびっくりして、すぐに妻を呼んだ。妻は娘を呼んだ。そして三十秒もたたないうちに、お湯と布と、シーツを裂いてつくった急ごしらえの包帯とを用意して、一家揃って立って待っていた。そこへよろよろと近づいていくエドワード。この見知らぬ若者の命を、彼らは救うつもりでいた。いや、つもりどころではない、なんとしても救わねばと思っていた。

わけだが、むろん、そう簡単に人の世話になるエドワードではない。命を救ってもらうなんて、とんでもない。お父さんのように誇り高くまっすぐな心の持ち主は——そうはいないんだ、ウィリアム、貴重な存在だよ——そうした心の持ち主は、たとえ生きるか死ぬかの瀬戸際でも、安易に人の助けを借りたりはしない。だって、これからひとりで生きていこう、人生を生き抜いていこうというのに、そんなふうにわけのわからないまま他人とのしがらみにとらわれてしまっては、自立なんてできやしない、だろう？

　そう、だから血を流しながら、おまけに脚の骨も片方が二か所折れた状態だというのに、エドワードは箒を見つけて店のなかをきれいに掃いた。そして次に手にしたのが、モップとバケツ。というのも、やるべきことを急ぐあまり忘れていたのが、まだぱっくりと口を開けたまま血を流している傷口のことで、きれいに掃いたはいいが、気がついてみるとそこいらじゅう自分の血だらけだったんだ。だからつづいてモップがけをした。床を拭いた。膝をついて雑巾でごしごしとやるエドワードに、店の主人と奥さんと娘はただ見とれるしかない。驚嘆。畏敬の念。松材の床に染みこんだ自分の血を懸命に拭きとろうとするひとりの若者。無理だった。無茶だった。でもエドワードはがんばった。そこだよ、ウィリアム。お父さんはあきらめなかった。なんとかしようとがんばって、これ以上は無理というまでがんばって、しまいには床にうつぶせに倒れて、雑巾を握りしめたまま——絶命。

　したかに見えた。死んだかと店の人たちは思った。駆け寄ると、でもまだかすかに息がある。この場面、お父さんが語って聞かせてくれたこの場面になると、いつもどことなくミケランジェロの『ピエタ』を思い起こさずにはいられないんだが、店のおかみさんはたくましい女性でね。息も絶え絶えの若者をひょいと抱き起こし膝にのせ、神様お助けをと祈った。状況は絶望的だった。ところが三人が不安げにとりかこむなか、エドワードは眼を開け、ふつうなら遺言でも言うところ、店に客がひとりもいないことをすでに見てとっていたものだから、これが最後の言葉になるかもしれないところ、主人に向かって、エドワードはこういったんだ——**宣伝を。**

バディはいつもその言葉を部屋にひびかせて、余韻を楽しむ。

「あとは知ってのとおり。お父さんは回復した。もとどおり元気になった。畑を耕し、庭の草をむしり、店を手伝った。近くの野山を歩きまわって家々の郵便受けにちらしを入れ、〈ベン・ジムスンのカントリーストア〉の宣伝に力を入れた。〈カントリーストア〉という名はエドワードの思いつきでね。カントリーを入れたほうが、親しみやすくて客寄せになるんじゃないかと考えたところが、大当たり。〈ひとつ買うと、もうひとつついてくる〉というキャッチフレーズを考えだしたのもこのころだよ。なんということのない表現だが、ウィリアム、ベン・ジムスンの暮らしはこれで豊かになった」

「ジムスンの店には一年近くいて、おかげで初めて少し蓄えができた。世界はエドワードの前で、みごとに花開いた。その結果が、このとおり」とバディは金製品、革製品など贅沢な調度品が並ぶオフィスをさっと手で示し、こちらにもそれとなく顎をしゃくって、いうのである、息子のぼくもまたいまや伝説となった父さんの勤勉の賜物であるかのように、「アラバマはアシュランド出の若者にしては、上出来というものじゃないかね」

2

老女と眼

ジムスンの店に別れを告げると父さんは南へ向かい、田舎の町から町へと旅をして、たくさん冒険をしたり、おもしろい人、すてきな人に数えきれないほど出会ったりした。とはいえ、これはきちんとした目的あっての放浪。なんでもそうだが、エドワードのすることには常に目的があった。一年のあいだに人生の教訓を少なからず得たエドワードは、世の中がどういうものか、もっとよく知るために大学《カレッジ》へ行きたいと願うようになっていた。オーバーンという都会に、そうしたカレッジがあるらしい。ここをめざして、エドワードは旅をつづけていたのである。

辿り着いたのは夕方も遅い時間、疲れて腹ぺこで、見つけたのは老女がやっている下宿屋だった。老女に食事を出してもらい、与えられたベッドでエドワードは眠った。三日三晩眠りつづけ、眼を覚ましたときには体も心もすっきりとして、元気をとりもどしていた。世話になった礼を老女にいい、お返しになにかできることはないかとエドワードはたずねた。

それでわかったのだが、老女は眼が片方しかないのだった。もういっぽうの眼はガラス玉で、毎晩とりだしてはコップの水につけ、ベッドの横のテーブルに置いて寝ているという。

それだけではなく、エドワードがあらわれる数日前、下宿屋に押し入った若者たちによってその眼を盗まれたので、見つけてとりもどしてもらえるとありがたいと、老女はいうのだった。エドワードはその場で引き受ける約束をした。そしてその朝すぐ下宿屋をあとにし、眼を捜しに出かけた。

ひんやりとした天気のよい日で、エドワードは希望に燃えていた。

オーバーンはとある詩にちなんで名付けられた市《まち》で、当時は偉大な学問の都だった。若者たちが世界の謎をときあかすため狭い教室にひしめきあい、各地を旅しながら教壇に立つ教授たちの言葉に、耳をかたむけていた。まさにエドワードが長いあいだ憧れていた場所だった。

いっぽうで、ただ仲間と戯れ無為の時を過ごすためだけにオーバーンへやってくる者も、大勢いた。それを唯一の目的として彼らはいくつものグループをつくっていた。老女の家に忍びこんで眼を盗んだのもこうしたグループのうちの一派。という事実をつきとめるのに、さほど時間はかからなかった。

実は眼はすでに噂の的となっていたのだった。眼のことをおおっぴらに、畏敬の念をこめて話題にしている者たちが一部にいるのを知ると、エドワード・ブルームはまずうまい具合に彼らと近づきになった。

眼には魔力があるという。

眼はものを見ることができるという。

運悪く眼をまともにのぞきこんだ者は老女に顔を知られ、夜の闇のなか追いまわされ見つけだされて、言語に絶する恐ろしい仕打ちを受けるという。

眼は一か所にとどまることがない。毎晩、儀式の一環としてグループのリーダーから新入りの若者に手渡されている。新入りは眼を守らなければならない。ひと晩中、眠らずに眼だけを見つづけていなければならない。眼は柔らかな赤い布に包まれ、小さな木箱におさめられている。朝が来るとグループのリーダーの手に返され、リーダーからいくつか質問がなされ、眼の無事が確認されたところで、新入りは解放される。

これだけのことを、エドワードは短時間のうちにつきとめたのだった。

眼を老女に返すためには――とエドワードは考えた――グループの新入りとなって、それをひと晩預からねばならない。そうすべく、エドワードは行動を開始した。

仲間に入りたいのだが、と持ちかけると、知り合ったばかりのその若者は用心深げにエドワードを眺めまわし、市から数キロ離れた農家の納屋に夜ひとりで来るようにといった。

納屋は朽ちかけていて真っ暗で、扉は押し開けると軋んでいやな音がした。黒い鉄の燭台に灯されたロウソクの明かりが壁を照らし、四隅で影が躍っていた。

六人が奥で半円形にすわっていた。みな焦げ茶色の頭巾をかぶっている。黄麻布の袋を利用してつくった頭巾らしかった。

前の小さなテーブルには老女の眼がのっていた。赤い絹の枕に置かれて、宝石さながら。

エドワードは臆することなく彼らに近づいた。

「ようこそ」真ん中のひとりがいった。「すわりたまえ」

「いいか、なにがあっても」別のひとりがおどろおどろしい口調でいった。「眼をのぞくなよ！」

エドワードは地べたにすわり、黙って待った。眼をのぞきこむことはしなかった。

しばらくして中央のひとりがまた口を開いた。

「なぜここへ？」

「眼」エドワードは答えた。「眼に会いに」

「呼ばれたんだな？」相手はいった。「眼が呼ぶ声を聞いた、そうじゃないのか？」

「そうだ」エドワードは答えた。「眼が呼ぶ声を聞いた」

「ならば手にとり、箱に入れ、ひと晩ともに過ごして、明日の朝またここへもどすがいい。もしそのあいだに眼になにかあった場合には――」

相手はそこで口をつぐんだ。残るメンバーから悲しげな呻き声が漏れた。

「眼になにかあった場合には」同じ言葉を相手はくりかえした。「なくしたり、傷つけた場合には――」

そしてまた口をつぐみ、頭巾の切れ目からじっと父さんを見つめた。

「――代わりに、おまえの眼をもらう」

六人の頭巾がいっせいにうなずいた。

「わかった」話が深刻になってきたことに戸惑いを覚えながらも、父さんは答えた。

「では、また明日」真ん中の男はいった。

「了解」父さんもいった。「また明日」

納屋を出て人気《ひとけ》のない農場の夜の闇に包まれ、オーバーンの街明かりめざして歩きながら、エドワードは考えこんだ。どうしてよいか、わからなかった。ガラスの眼をもどさなかったら、ほんとうに彼らは自分の眼をくり抜くつもりだろうか。ありえない話ではなかった。右手に木箱を握りしめ、歩きながら左手で自分の両の眼に順に触れ、このひとつがなくなったらどんな感じだろうか、そんな危険を冒してまで老女との約束を守るべきなのだろうかとエドワードは思案した。頭巾の彼らがそこまでするはずはないという見方もなくはなかったが、しかし眼をくり抜かれる可能性が十パーセント、いや一パーセントでもあるとしたら、それでも約束は守るべきなのだろうか。自分の眼はなんといっても本物の眼、いっぽう老女の眼は、ただのガラス玉……。

ひと晩眠らずに眼と過ごし、その青い光を見つめつづけ、そこに自分自身の姿を認め、やがて朝になり、樹上に太陽がのぼると、それは光り輝く眼、いつしか忘れ去られていた神の光り輝く眼のように思われた。

白日のもと訪れた納屋は前の晩とちがって――あまり恐ろしげではなかった。羽目板のはずれた、古い枕さながら節穴から干し草のつきだした、ごくふつうの朽ちかけた納屋でしかなかった。乳牛たちが草をはみ、かたわらの囲いでは鹿毛《かげ》の老馬が鼻孔をふくらませている。入口で一瞬ためらい、扉を押し開けると、軋みも今回はさほど不気味には聞こえなかった。

「遅いぞ」声がした。

奥に眼をやると、頭巾姿の者はひとりもいなかった。ごくふつうの男子学生六人――エドワードと年も同じくらいの大学生六人が、集まっているだけだった。服装も似たようなもので、ローファーをはき、カーキ色のズボンに水色の綿のボタンダウンシャツを着ている。

「遅いぞ」相手はくりかえした。前の晩に聞いた声と同じだとエドワードは思った。真ん中にいる彼がリーダーらしい。エドワードはその学生を長いこと見据えた。

「すまない」とエドワードはいった。「人と会わなければならなかったもので」

「眼は持ってきたか」

「ああ」エドワードは答えた。「ここに」

エドワードの手のなかにある木箱を、相手は指さした。

「よこせ」

エドワードは木箱を手渡した。みながとりかこむなか、相手は蓋を開けた。

じっとなかをのぞきこんで、ずいぶん長い時間がたったような気がした。六人はいっせいにエドワードをふりむいた。

「ない」ささやくような声で、怒りに頬を紅潮させながらリーダーがいった。「ないじゃないか！」と声を荒げた。

揃って飛びかかってこようとする学生たちを、エドワードは手で制した。「ここに、といっただけだ。箱のなかにあるとはいっていない」

六人は足をとめた。父さんが眼を身につけているとまずいと思ったからだった。そんな父さんに殴りかかって、眼まで傷つけてしまってはまずい、と。

「よこせ！」リーダーがいった。「きさまになんの権利がある！ 眼はおれたちのものだぞ！」

「そうかな？」

納屋の扉が小さく軋みながら開いたのは、そのときだった。ふりむくと、老女だった。とりもどした眼をはめて、近づいてくるところだった。六人は呆然と彼女に見とれ、困惑の表情を浮かべた。

「なん——」ひとりが仲間をふりむいていった。「誰がいったい——」

「眼だ」父さんはいった。「あるだろう、まちがいなく、ここに」

老女が歩み寄ると、たしかにそのとおりだった。木箱ではなく、老女の眼窩に、眼はおさめられていた。逃げだしたいところだったが、六人にはそれができなかった。顔をそむけたいところだったが、それもできず、順に老女に見つめられ、見つめられた者は老女の眼の奥を逆にのぞきこむことになり、噂はほんとうで、眼には彼らひとりひとりの未来が映っていたという。そこに映ったものを見て、ひとりは悲鳴をあげた。別のひとりは泣きだし、また、ただのぞきこむだけでその意味するところが理解できず、顔をあげてふりむき、これまでとは打って変わった態度で父さんに見とれる者もいた。

老女の眼はひとりも逃すことがなかった。終わると六人は納屋から飛びだすようにして、朝の陽射しのなかへと姿を消した。

オーバーンでの生活はこんなふうにして始まり、短いあいだではあったけれども、その滞在期間中、父さんに手出しをしようとする者はほとんどいなかった。エドワード・ブルームは老女とすべてを見通せる眼に守られている、そう思われていたからである。授業に出席して、父さんは優等生になった。記憶力抜群。一度読んだり見たりしたことは二度と忘れなかった。納屋で会ったリーダーの顔も決して忘れなかった。相手も同じだった。

父さんが決して忘れなかった顔、それは母さんがもう少しで結婚していたかもしれない男の顔だった。

父の死——撮影《テイクツー》2

たとえば、こうだ。わが家のかかりつけの医者、老齢のベネット先生が客用の寝室から出てきて、うしろ手にそっとドアを閉める。恐ろしく年老いたベネット先生は、陽に当たってひからびたリンゴの芯みたいに見える。赤ん坊のぼくをとりあげたのもベネット先生。そのころからもう先生は年寄りだった。居間にすわり、母とぼくは、先生の言葉を待っている。耳から聴診器をはずすと、絶望の眼差しを先生はぼくらに向ける。

そして、こういう。「手のほどこしようがない。気の毒だが。もしエドワードとなにか和解すべきことがあれば——話しておきたいことがあるなら、いまのうちに……」語尾がうやむやになり、消え入る。

わかっていたことだ。最後はそういわれるだろうと母もぼくも思っていた。ふたりして溜息をつく。悲しみと安堵の気持ちが混ざり合うなかで、張りつめていたものが体から抜け出ていき、ぼくたちは顔を見合わせる。母もぼくも同じ、一生に一度きりの表情を浮かべている。この日が来たことを、ぼく自身は少し意外に思っている。余命一年と、一年ほど前にベネット先生にいわれたにもかかわらず、父はずっと死の床にいて、あまりにもそれが長かったので、これからも永遠にそうやって死を待ちつづけるような気がしていたからだ。

「わたしから、先に入ったほうがいいわね」母がいう。打ちのめされ、闘い疲れた母の笑みには生気がなく、ただひっそりとして見える。「それとも、あなたが……」

「いや」ぼくはいう。「母さんが先に。それで、もし――」

「もし、途中でなにかあったら――」

「うん。すぐに呼んで」

深呼吸し、立ちあがり、夢遊病者のように母は寝室へと入っていく。ドアを開け放したまま。ベネット先生は、年のせいで骨が溶けてしまったみたいに背の少し曲がった体で、居間の真ん中に立ちつくしている。生死の力に、暗澹たる驚きを隠せないでいる。数分後、母がもどってきて頬の涙をぬぐい、ベネット先生を抱きしめる。ぼくよりも先生のほうが、母とは長いつきあいなのだ、たぶん。母も年をとってはいるが、先生と並ぶと永遠の乙女、うら若き女性がじき未亡人になろうとしているかに見える。

「ウィリアム」母が呼ぶ。

ぼくの番だ。部屋の中は薄暗い。昼寝のときのように灰色一色だが、カーテンの向こうには明るい昼の陽射しがあふれている。ここは客用の寝室。ぼくの友人たちが遊びに来て、よく泊まった部屋。でもそれは高校を卒業する前までの話で、いまは同じ場所で、父が死のうとしている。臨終のときを迎えようとしている。ぼくが入っていくと、父は笑みを浮かべる。死を目前にした父の眼には、よくいわれるように、幸せと悲しみ、疲れや諦めと、精神的に満ちたりた喜びとが混ざり合っている。いつだったか、テレビで見たように。その主人公は、死ぬまぎわまで陽気で、声は弱々しいながらも愛する人びとにさまざまな助言を与え、もう長くはないと医師に告げられても楽観的な態度を決して崩すことなく、なんでもいいほうに受けとるものだから、周囲の人は泣いてばかりだった。でも父はちがう。陽気でもないし、楽観的でもない。逆によく、こんなことを口にする。「**なぜまだ**生きているんだろうな。とっくの昔に死んでしまったような気がするのにな」

たしかに、そう見える。中年を過ぎてまだまもないはずの体は墓から掘りだしてむりやり生きかえらせたみたいだし、髪はもともと多いほうではなく――櫛で撫でつけてそれを隠すべテランだったのが――残っていた分もすべて抜け落ち、肌は気味の悪いほどに真っ白、眼にするたびに卵や牛乳ではないが**凝固**という言葉を思い浮かべずにいられない。

凝固してしまった父。

「おい」その日、父はいう。「ちょっといいかな」

「なに、父さん」

「水を一杯。水を一杯、汲んできてもらえると、ありがたいんだが」

「いいよ」答えて、ぼくは水を汲んでくる。震える手で父はそれを口へ運ぶ。顎にひと筋、水が垂れる。ぼくを見あげる父の眼、その眼がこういっているかに見える。もっと長生きできたはずなのにな——こんなに早く死ななくても——顎に水をこぼすところを、息子のおまえに見られなくても。

「すまん」

「だいじょうぶ」ぼくはいう。「そんなにこぼれてないよ」

「そうじゃない」辛そうな眼を、父はぼくに向ける。

「うん、わかったから」ぼくはいう。「でも、父さん、よく頑張ったじゃないか。母さんもぼくも、心から誇りに思ってるよ」

返事はない。死を迎えようとしているいまでも、父は父、小学生のような口のききかたはされたくないのだ。この一年で立場はすっかり入れ替わってしまっていた。ぼくが父親、父は病気の息子で、極限状況に追いこまれたいま、その一挙手一投足がぼくにはかけがえのないものとなっていた。

「やれやれ」ぐったりとして父はいう——頭をなにかで殴られでもしたみたいに。「なんの話をしていたんだっけな」

「水の話」ぼくが答えると、父はうなずいて、思い出したようにまた水をすする。

そして笑みを浮かべる。

「なにがおかしいの」ぼくは聞く。

「いや、ただ、こう思ってね」父は答える。「客が大勢押しかけてくるまでには、この部屋を空けられそうだな、と」

そして笑う。実際には、ぜいぜいいう喘ぎ声でしかないのだが、それがいまは父の笑い声。少し前にこの部屋に移ると決めたのは父自身なのだが。自宅で、家族のいるところで最期を迎えたいと願ったものの、数十年の歳月を母と分かち合ってきた寝室では、やはり死にたくなかった。思い出を台無しにして母を悲しませたくはないと、感じたのだった。死んで、この部屋が空けば、遠くに住む親戚たちが葬儀に訪れても困ることはないだろうという冗談を、この数週間で父は何度か口にしていた。そのつどたったいま思いついたかのように。たぶん、そうなのだ。いつもそこで初めて思いついたかのような顔で、うれしそうに口にする。ぼくは無理をしてでも、笑うしかない。

そうやって向かい合い、ばかみたいにふたりで、にこにことする。なにを話せばいいというのだろう。なにを和解することがあるというのだろう、この日、最後のこの一瞬を境に、人生はもはやこれまでと同じではなくなってしまう——生きる者、死ぬ者、どちらにとっても世界はがらりと変わってしまうというのに。時刻は午後三時十分。外は夏。今朝の予定では、夜になったら休暇で遠くの大学からもどってきている友人と映画に行くつもりだった。母が夕食につくろうとしているのはナスのキャセロール。キッチンのカウンターにすでに材料が出してある。ベネット先生の話がなければ、ぼくは裏庭へ出てプールにでも飛びこんでいたところで――つい最近まで、父が文字どおり棲みついていたプールに。できる運動といえば、泳ぐことだけだったから。プールは客間のすぐ外にあって、ぼくが泳ぐとうるさくて父が眠れないのではと母は心配するが、父はその音がいいという。水音を聞くと、自分もなんだかちょっと水につかった気分になれる、と。

間の抜けた笑みがしだいに消え、ぼくたちは見つめ合う。ただじっと。

「おい」父がいう。「辛いな、会えなくなるのは」

「ぼくも、寂しくなる」

「ほんとか?」

「そりゃそうだよ、父さん。だって。ぼくのほうが――」

「残るわけだから」と父はつづける。「そうだな、寂しい思いをするのは、おまえのほうということになるな」

「ねえ、父さん。父さんは」自分の内にあるなにかが、勝手に言葉を選んでぼくにいわせている気がする。「信じているのかな——」

そこで口をつぐむ。父親と宗教や政治の話はしないほうがいいという不文律が、わが家にはある。宗教についての話は、父はいっさいしない。逆に政治の話になると、とまらなくなる。要はできる話がほとんどないのだ。というのはつまり、本質的な話、重要なこと、大事な問題は話し合えないという意味。父自身の手には負えないからか、危なっかしい橋に感じられるからか、さもなくばとても知的で、地理でも数学でも歴史的事実でも忘れてしまった分だけでぼくがこれまでに学んだ量をはるかに超える（たとえば五十州の州都をすべて覚えていたり、ニューヨークからまっすぐ東へ飛ぶとどこへ着くかも知っていたり）頭脳明晰な彼にとっては、そういった話はただ面倒でしかないのか。だから、できるだけ頭のなかを整理してから話すよう、ぼくは心がけている。それでも、不用意な言葉がときに口をついて出ないわけではない。

「信じているのかって、なにを」父が聞きかえす。その眼、小さな青い眼に見据えられて、つづけるしかなくなる。

「天国を」ぼくは答える。

「天国を、信じているかって?」

「神様とか、そういうこと」なぜって、わからないからだ。神の存在や死後の世界や、誰もがみな誰か別の人間やなにかに生まれ変わるかもしれないという考えかたを、父が信じているのかどうか。地獄や天使や死者の住むという極楽やネス湖のネッシーを、信じているのかどうか。元気だったときには聞く機会がなかったし、病気になってからは、薬のことやら父が自分で追うことのできなくなったスポーツ界の動き（誰かがテレビをつけたとたん眠ってしまうので）、それに痛みをとる方法といったことについてしか、話し合っていない。いまもまた父は、こちらの質問を無視するにちがいないとぼくは思う。ところが急に意識がはっきりしてきたのか、その眼が大きくなる。死後に自分を待つ世界がなにか見えたのか——空っぽの客間以外に。いま初めて思いついたことが、なにかあるのか。

「なんて質問だ」声を力強く、大きくして父はいう。「わからない、どちらともいえんな。でもそれで思い出したのが——前に聞いたことがあれば、いってくれよ——天国で門番ペテロに手を貸してやったイエスの話だ。ある日のこと、イエスが天国の門でペテロの仕事を助けてやっていると、老人がひとり、歩いてきた。門の前の一本道を、とぼとぼと。

〈おまえは天国に入れるようなことを、なにかしたか？〉とイエスは老人にたずねた。

老人は答えた。〈いいえ、たいしたことはなにも。ただの貧しい大工として、静かに一生を送ってきただけでございます。唯一自慢できるものといえば、わが息子くらいのもので〉

〈息子？〉とイエスは興味を持った様子で聞きかえした。

〈はい、それが実にすばらしい息子なんです〉と老人はいった。〈世にも稀な生まれかたをし

て、のちに偉大な変身を遂げ、あまねく世界に知られるようになって、いまも大勢の人に愛されております〉

イエスは老人をじっと見つめ、抱きついて、いった──〈父さん、父さん！〉

すると老人もイエスを抱きしめて──〈ピノッキオか？〉」

父はぜいぜいと喘ぎ、ぼくは笑って、やれやれと首をふる。

「聞いたよ、前に」

「どうして先にいわない」父は明らかに、話し疲れた顔をしている。「あと何回こうして息ができることやら。同じジョークを二度くりかえすなんてもったいないことはしてられんぞ、だろう？」

「このところ、ネタ切れの感があるね」ぼくはいう。「でもまあ、どれも群を抜いたやつばかり。傑作揃いだから。エドワード・ブルームの名ジョーク集、笑えるよ、父さん、だいじょうぶ。でも質問の答えにはなってないね」

「なんの質問だ」

笑っていいやら泣いていいやら。これまでの人生をずっと、まるでカメみたいに生きてきた父。感情を甲羅にして身にまとい、防御は完璧で、どうやっても入りこむ隙がない。せめて最期となったいまくらい無防備で柔らかな下腹を──ほんとうの姿を、見せてくれてもいいと思うのだが、そうはならない。期待しても、ばかをみるだけ。最初からそのくりかえしだった。なにかしら意味のあること、深刻で、デリケートな問題に話が及ぶたびに、父はジョークを持ちだす。イエスもノーもなし、おまえはどう思う、と人生の意味を逆に問いかえされることもない。

「ねえ、どうしてなの」とぼくは口に出していう。心の呟きが父の耳にも聞こえるかのように。聞こえているのだ、どういうわけか。

「そういう問題を、正面切って話すのは苦手でね」父はいい、掛布の下で身じろぐ。「誰にはっきりと答えられる。証明のしようがないじゃないか。あるときは、イエスだと思う、次の日はノー。そうでないときには、どっちつかず。神は果たして存在するのか否か。存在すると、本気で思えるときもあれば、わからなくなるときもある。どうにも理想的とはいいがたい、いまのような状況においては、洒落たジョークのほうが向いていると思うがね。少なくとも、声に出して笑える」

「でもジョークは」ぼくはいう。「ちょっとのあいだ笑って、それでおしまいじゃないか。あとになにも残らない。たとえ一日おきに答えが変わったとしても、ぼくは——父さんが少しでもそういう話をしてくれたら、と思うよ。どっちつかずでもわからなくても、ジョークばかり連発されるよりはいい」

「ああ、そうだな、おまえのいうとおりだな」父は枕に寄りかかり、天井に眼をやる。よりによって、なぜいまこのときにそんな難問を、といわんばかりに。重荷でしかないそれが、父の肩にのしかかり、残り少ない命を押しつぶそうとしている様子が手にとるようにわかって、ぼくは自分のしたこと、いったことが本気で信じられなくなる。

「しかしだな」と父はいう。「わからない、という話をしたところで――神や愛や生や死についての疑問を打ち明けたところで、残ったのはたぶんそれだけ――山のような疑問だけだ。それより、見てみろ、いまのおまえは愉快なジョークをたくさん知っている」

「どれもたいしたことないよ」ぼくはいう。

エアコンが小さく唸り、風が吹きだしてブラインドが揺れる。隙間から陽が射しこみ、埃が舞う。かすかにかび臭いような、この部屋のにおいには慣れたつもりでいたのに、まだだめで、いつも胃のあたりがおかしくなる。いまもひどく気分が悪い。原因はにおいか、でなければ、父についていまこの瞬間に知ったことのほうが、過去一生分よりも多いことに気づいて、体がショックを受けたのか。

父が眼を閉じるのを見て、不安になる。心臓がどきりとし、母を呼ばねばと思って、動こうとしたその瞬間、そっと手を握られる。

「いい父親だったろう」

否定しようと思えばできなくはないその言葉を、父はかかげてみせる。吟味せよといわんばかりに。ぼくは父と、宙に書かれたその言葉とを、見つめる。

「まだ現在形――いい父親だよ、父さんは」

「ありがたい」応じて、父はかすかに眼をしばたたかせる。そのひとことが聞きたかったのか。最後の言葉とは、つまりそういうことなのか――死後の世界への扉を開く鍵。最後の言葉《ラストワード》というより、パスワード。口にしたその瞬間に旅立てる言葉。

「で、今日はどうなの、父さん」

「どうって、なにが」夢うつつに父は聞きかえす。

「神様とか天国とか、そういうこと。どう思う？　イエスかノーか。明日はまた感じかたがちがうかもしれない。それはわかるよ。でもいまは――いまはどうなの？　ねえ、知りたいんだよ、ほんとに、父さん。父さん？」ぼくはくりかえす。離れていって――深い、永遠の眠りに、いまにもついてしまいそうな父に、「**父さん？**」と必死で呼びかける。

するとう父は眼を開け、水色の瞳に焦りの色を濃くしながら、ぼくを見て、こういう、枕元で、父の最期を看取ろうとしている息子のぼくに向かって、――「**ピノッキオか？**」

最高の初恋

このうえなくすばらしく、そして運の悪いことに、父さんが恋をした相手はオーバーン一、いや、たぶんアラバマ一きれいなミス・サンドラ・ケイ・テンプルトンだった。なぜ運が悪かったかって？　彼女に恋した男はオーバーンで父さんただひとり、いや、アラバマ州全体で、たぶん父さんただひとりというわけではなかったから。整理券をとって、列のいちばんうしろに父さんは並んだ。

彼女の美しさを讃えて、すでに才能あるファンのひとりが歌をつくっていた。

サンディ、サンディ、サンディ
きれいだよ、とても
ぼくの車にお乗りよ
ひとっ走りしよう……

といった具合に。

彼女の心をつかむべく決闘やカーレースやいっき飲み、素手での殴り合いもおこなわれた。彼女にちなんで名付けられた犬もいた。少なくとも一匹。実際にはたぶん、もっとたくさん。

美しいのは彼女のせいではなかった。彼女自身は、そんなに大勢の男に愛されたいと思ってはいなかった。ひとりでじゅうぶん。でも事実きれいなのだからしかたない。広く慕われてしまうのだから。ひとりの誘いを断っても、すぐに代わりがあらわれて、花束、歌、さらには決闘の話となる。だから彼女は誰も相手にしないことにしていた。男たちの勝手にさせていると、そのうちうしろにずらっと列ができ、クラブのようなものが結成された。希望的観測と失恋からなる友愛会。

エドワードは歌は一曲もつくらなかった。長いこと、なにもしなかった。見つめてはいた、もちろん。すれちがうとき、じっと。見るだけで、胸が高鳴った。彼女には輝きがそなわっているような気がした。どこにいても、きらきらと輝いている。これをどう説明すればいい？

その輝きを時おり眼にするのが、エドワードは好きだった。

驚異の脚力

父さんの俊足は驚異的で、出発する前からもうゴールに着いていたほどだと人はいう。走るというよりは、飛んでいる感じ。足が地面を蹴らずに、空気の流れを切っているかに見える。頼みもしないのに、大勢が父さんに競走を申しこんできた。思いとどまるよう説得を試みるのだが、血気盛んな若者の嘲りや当てこすりを、そういつまでも我慢できるものでもない。最後には決まって靴を脱ぎ——走るときは素足と決めていたので——相手がいそいそと支度をするのを待つはめになる。そしてスタート——というより、そこでおしまい。なぜかというと、レースにならないから。父さん相手に力を試したくてしかたなかった若者は、まだスタートを切らないうちから、はるか彼方のゴールに打倒するはずだった男の姿を見ることになるのだった。

決行

長い話を少しでも短くするために——そう、まもなく、ただ彼女を見ているだけでは父さんも飽きたらなくなった。もっと近づかねばならなかった。話がしたかった。触れてみたかった。まずはしばらくのあいだ、彼女のあとをついて歩くことからはじめた。教室から教室へ、廊下を、といった具合に。体が偶然ぶつかった。カフェテリアでは腕に触れることができた。

「失礼」といつも父さんはいった。

彼女のことが頭から離れなくて、気が変になりそうだった。ある日、鉛筆を削っているところを眼にする機会があった。柔らかな手が長い黄色い鉛筆を握っている。床に落ちた削りかすをエドワードは拾い、親指と人差し指で擦り合わせてみた。また別の日には、見覚えのある誰かと話しているところを見かけた。これまでエドワードが一度も眼にしたことのない笑顔を、彼女は見せていた。楽しそうにおしゃべりするふたりを、しばし見つめていたエドワードの気持ちが、次の瞬間、沈みこんだ。サンドラが、あたりの様子をさっとうかがったかと思うと、相手にゆっくりと身を寄せて、キスをしたのだ。これを見てもうあとを追うのはやめようと思いかけた、そのときだった、相手の男の正体に気づいたのは。納屋にいた男、老女の眼を盗んだ男子学生だった。名前はドン・プライス。

エドワードが感じたのは、一度打ち負かした相手ならまた勝てるはず、ということだった。チャンスは翌日にめぐってきた。願望と欲求とで体は爆発寸前。血が騒いでしかたなかった。どうにかして、その高まりを解き放つ必要があった。廊下の向こうからサンドラがやってきた。「サンドラ」とエドワードは声をかけた、間の悪いことに――トイレに入ろうとしていたところをつかまえて。「きみはぼくを知らない。顔を見たことすらないかもしれない。でも、ずっと考えていたんだけど――その、きみさえよければの話だけど――あの、金曜の夜、いっしょにどこかへ行かないか、もしよかったら」

意外でもなんでもないことに、彼女もそのときまったく同じように感じていて――体が爆発する寸前、血が熱く騒いで、高まりを解き放つ必要を感じていたのだった。「そうね、ええ」さして考えるふうもなく彼女はいった。「いいわよ、金曜ね」と、それだけいってトイレへ。

ええ、と答えたサンドラだが、実はその朝ドン・プライスに結婚を申しこまれたばかり。結婚の申しこみにもう少しで、ええ、と答えていたところ、二、三日、考えたほうがいいという気が、ふとしたのだった。あたかも父さんのそっと口にした願いが耳に届いたかのように。

一騎打ち

エドワード・ブルームはけんか好きではなかった。人間的な対話から得る喜びというものをこよなく愛していて、争いごとが起きても、野蛮でたいがいは痛いだけのそんな手段に訴えようとは思わないのだった。とはいえ必要とあらば、自分で自分の身を守ることはできる。まさにそうせざるをえなかったのが、サンドラ・ケイ・テンプルトンを誘ってパイニー・マウンテンへドライブに出かけた晩だった。

初めてのデートから三週間がたち、そのあいだに数えきれないほどの言葉をふたりは交わしていた。いっしょに映画に行き、ビールを飲み、エドワードは得意のジョークを披露するようにさえなっていた。飾らずありのままの姿で――自然体で――父さんは母さんの心をつかもうとしていた。もはや遊びではなく――手が触れると、サンドラは赤くなった。話している途中で、なにをいおうとしていたか忘れてしまうこともしょっちゅうだった。父さんに恋したわけではない、まだ。でも、そうなってもおかしくないという予感はしていた。

ほかにもいろいろと、考える必要があったのかもしれない。

すべてよく考えるうえで大事なのがこの晩。問題のドライブの晩だった。しばらくあてもなく走りまわったところで、人気《ひとけ》のない山道は行き止まりとなり、深い森にかこまれてエドワードとサンドラはふたりきり。静けさのなかでエドワードはサンドラに身を寄せ、サンドラもそれとなく彼に近づいて、ふたりキスをする。という方向に向かおうとしていた矢先、バックミラーに眼をやると一組のヘッドライトが映っているのに父さんは気づいた。最初は小さかったそれがしだいに大きくなり、狭くて曲がりくねったパイニー・マウンテンの山道をぐんぐん迫ってくる。それがドン・プライスだとは、最初エドワードは思わなかった。ただあまりのスピードに危険を感じて、万が一の場合に備え、アクセルをゆるめただけだった。

車はいきなりぴたりとうしろについた。バックミラーにヘッドライトがぎらぎらと眩しかった。エドワードは窓を開け、先に行くよう手で合図した。ところが直後に相手は車をフェンダーにぶつけてきた。サンドラが息をのむ。エドワードは彼女の膝に手をおき、落ち着くようにいった。

「心配ない、どこかの学生だよ。酒でも飲んでるんだ」

「ちがうわ」彼女はいった。「ドンよ」

それでエドワードはすべてを理解したのだった。そのひとことで、もはや明らか——百年前の西部開拓時代ならば、ドンが埃っぽい町の通りの真ん中に立ちはだかって拳銃のホルスターに手をかけたも同然だった。決着をつけようというのだ。

ドンはふたたび車をフェンダーにぶつけてきた。エドワードはアクセルを踏んだ。スピードを上げろというのなら、それに応えるまでで、あっという間に次のカーブを曲がり、エドワードはドン・プライスをはるか彼方に置き去りにしていた。

ところがドンはすぐにまた追いつき、今度はフェンダーを狙うのではなく真横について、道幅いっぱいに二台並び、丘を越えカーブを曲がるそのスピードたるや、心臓が弱ければその場でとまってあの世行きとなっていたにちがいない。ドン・プライスが車を寄せれば、エドワードも負けじとやりかえす。ドアとドアが擦れ合う。必要とあらばどこまでもその道を飛ばしていける自信がエドワードにはあったが、ドン・プライスのほうはというと、どうかわからなかった――抜きつ抜かれつし、ぶつかっては跳ねかえされながらエドワードがその横顔を盗み見たかぎりでは。酒を飲んでいることは、まちがいなかった。

これが最後とばかりにエドワードはアクセルを踏み、前へ出ると大きくハンドルを切って行く手をふさいだ。ドン・プライスは急ブレーキをかけ、すれすれのところでとまった。ふたりは車を飛びおり、手をのばせば届く距離で、睨み合った。

「彼女はおれのものだ」ドン・プライスはいった。

エドワードと同じくらい背が高く、肩幅はより広く、父親の経営するトラック会社で夏休みにはトレーラーの荷下ろしのアルバイトをしているという話も、うなずける体つきだった。

「それは知らなかったな。誰のものでもないと思っていた」エドワードは答えた。

「わかったら認めろ、山だし」

車に乗ったままの彼女を、ドンはふりむいた。

「サンドラ」と声をかける。

でも彼女は動かなかった。すわったまま、思案していた。

「おれたちは結婚する」ドンはエドワードにいった。「プロポーズ済みなんだよ。聞いてないのか、彼女から」

「問題は、どう返事したかだな、彼女が」

ドン・プライスはなにもいわなかった。ただ息を荒くし、眼を細めただけで、突進する前の雄牛さながらだった。

「紙人形みたいに、ひきちぎられたいのか」

「そんなことをされるいわれはない」

「だといいぜ。サンドラがおれの車に移れば、許してやる。いますぐにだ」

「それは無理だ、できないよ、ドン」

ドン・プライスは笑いだした。

「なにさまのつもりだ、え?」

「酔っているんだろう」エドワードはいった。「麓までぼくが乗せていく。あとは彼女しだい——彼女がいっしょに行きたいというのなら、それでかまわない。どうだ」

ドン・プライスは笑い声を大きくしただけだった。何週間も前に老女の眼になにを見たか、忘れていないにもかかわらず、ドン・プライスは笑いつづけただけだった。

「くそいまいましい提案を、ありがとうよ」ドンはいった。「断るぜ」

そして飛びかかってきたドン・プライスの怒りは十人分、けれども父さんの力はもっと強くて、ふたりのけんかが始まった。素手での殴り合いがしばらくつづいた。鼻や口から血が流れ、どちらの顔も真っ赤に染まり、やがてドン・プライスは倒れてそのまま動かず、見おろす父さんの顔に誇らしげな表情が浮かんだ。それからぐったりとして苦しそうな相手の体を車の後部席に横たえ、サンドラを助手席に乗せたまま山をおりて、町へともどったのだった。サンドラの寄宿舎に着くと、エドワードは夜更けの闇のなかに車をとめた。後部席から小さくドン・プライスの呻き声が聞こえた。

父さんも母さんも、長いこと無言だった。深い静けさに包まれ、相手の心の声が聞こえるのではないかと思ったほどだった。やがて父さんは聞いた。「プロポーズされたんだって、サンディ」

「ええ」と母さんは答えた。「されたわ」

「それで、なんと答えたの？」

「考えてみるって」

「それで？」

「考えたわ」いって、母さんは父さんの血だらけの手を握った。

そこでふたりキスをした。

新しい家族

父さんの話によると、母さんの父親というのは体のどこにも毛の生えていない人だったという。田舎に農場を持っていて、母親のほうは十年来寝たきりで、ひとりで食事をすることも話すこともできず、でも父親の乗っていた馬はすばらしい馬、ほかの馬に負けない見事な大きさの馬で、真っ黒で、四本脚の蹄のちょっと上のところにそれぞれ白い斑が入っていたとか。

母さんのことは、眼に入れても痛くないほどの可愛がりようだった。娘を主人公にした不思議な物語をつくりあげるのが昔から得意で、年をとり、頭が少しおかしくなってからは、その中身をすべて本気で信じはじめているようなところがあった。

たとえば、月は母さんが空にかけたのだと思っていた。本気でそう信じてしまうときがよくあった。娘が空にかけたから、月はそこにあるのだ、と。それに、星々はどれも願いごとで、いつかはみなかなうのだと思っていた。自分の娘の願いどおり。まだ幼かった母さんが幸せな気持ちになれるようにと語って聞かせた話を、年老いた父親は本気で信じているのだった。信じると楽しい気持ちになれたし、それになにしろ、すごく年老いていたから。

結婚式にその父親は招待されなかった。どうして招待されなかったかというと、理由は簡単――誰も招待されなかったのだ。結婚式というよりも、オーバーン裁判所庁舎に出向いて法的な手続きをしただけで、見知らぬ人びとの立ち会いのもと、熱っぽい顔をした老判事が牧師代わりとなって、間延びしたしゃべりかたで口の端に白く唾の泡をためながらこのふたりを夫婦と認める死がふたりを分かつまでとかなんとか……それでおしまい。

父親であるテンプルトン氏にこれを説明するのが容易でないことはわかっていたのだが、試してみなければ、父さんの気がすまなかった。車で農場の入口まで乗りつけると、〈クラクションは鳴らすな〉と注意書きがしてあって、偶然そこに花嫁の父親もいて、馬にまたがったまま、やけに大きな姿で細長い車を訝しげに見おろしている。車のなかから恥ずかしそうに手をふるのは、自分の娘。テンプルトン氏は柵の支柱に手をかけ、幅二十センチほどの溝からつっかえ棒を抜いて門を開けた。馬を驚かせないよう、父さんはそろそろと車を入れた。

そのまま父さんは車で家へ向かった。テンプルトン氏も馬であとからつづいた。父さんも母さんも無言だった。父さんは母さんをふりむいて、にっこりした。

「なにも心配することないよ」父さんはいった。

「誰がなにを心配しているの？」笑いながら母さんはいった。

どちらも自信たっぷりというわけでは、決してなかったのだけれども。

＊　＊　＊

「パパ」家に着くと彼女はいった。「紹介するわ、こちらエドワード・ブルーム。エドワード、父のセス・テンプルトンよ。さあ、ふたりとも握手して」

ふたりは握手をした。

テンプルトン氏は娘をふりむいた。

「なんだ、これは」

「なんだって？」

「どうしてわしはこの男と握手しとるんだ」

「わたしの夫だから」母さんは答えた。「わたしたち結婚したのよ、パパ」

テンプルトン氏は手を握ったままじっとエドワードの眼をのぞきこんだ。そして笑いだした。癇癪玉を鳴らしたみたいな笑い声だった。

「結婚！」とくりかえして、テンプルトンは家のなかへ入っていった。新婚夫婦もあとからつづいた。冷蔵庫からテンプルトン氏はコーラを二本持ってきた。みんなで居間にすわると、テンプルトン氏は象牙色のパイプに黒いタバコの葉を詰めて火をつけた。とたんに部屋のなかに薄い煙の層が広がり、頭のすぐ上あたりを覆った。

「どういうことなんだね、いったい」パイプを吸い、咳きこみながらテンプルトン氏は聞いた。

なんとも答えにくい質問に思われたので、ふたりともなにもいわなかった。ただ笑みを浮かべていた。エドワードはテンプルトン氏の卵みたいな禿げ頭をじっと見つめ、それからまっすぐに眼を合わせた。

「お嬢さんを愛しているんです、テンプルトンさん」父さんはいった。「これからもずっと愛しつづけ、生涯大切にしていくつもりです」

なんというべきか、長いこと考えつづけた結果、シンプルだけれども心のこもったこの言葉に決めたのだった。これ以上いう必要はないと父さんは思っていた。テンプルトン氏もそう受けとめてくれるようにと願っていた。

「ブルーム、といったな」テンプルトン氏は眼を細めて話しだした。「ブルームという名の知り合いが、いたよ、昔。いっしょに馬に乗った。一九一八年、一九一九年と、騎兵隊にいたときだ。駐留地はイエローストーン。当時は無法者が多かった。おまえたちは、おそらく知らんだろうが。たいていはメキシコ人。馬泥棒だの、ふつうのこそ泥だの。そいつらを追いかけるのが仕事だった。ブルームとわしとで。もちろん、ほかにも仲間はいたが。ロジャースン、メイベリー、スティムスン。メキシコまで追っていった。ああ、そうとも。それが仕事だった。

賊の追跡。メキシコまでだぞ、ブルーム君。メキシコまで」

父さんはうなずき、笑みを見せ、コークを飲んだ。さっきの言葉など、テンプルトン氏はひとつも聞いていないのだった。

「いまも立派な馬に乗っていらっしゃいますね」父さんはいった。

「馬にくわしいかね？」聞きかえして、テンプルトン氏はまた笑い声をあげた——癇癪玉みたいな、しゃがれた笑い声を。「馬のことがわかる相手を見つけたようじゃないか、おまえ」

「そうみたいよ、パパ」母さんは答えた。

「けっこう」テンプルトン氏はうなずいた。「大いに、けっこう」

こんな感じで、その日は過ぎたのだった。テンプルトン氏が騎兵隊時代の話をし、笑い声をあげ、それから話題は宗教やイエスへと移って、このテーマはテンプルトン氏の大のお気に入り、なぜかというとユダヤのピラト総督とイエスがオックスフォード時代ルームメイトだったことを考えるなら磔刑はことのほか卑怯な行いであると、テンプルトン氏は信じて疑わないからだった。その意味において、ピラトの主に対する仕打ちは実に卑怯といわざるをえない、と。

結婚の話はその後一度も話題にのぼらず——というより、ふたりがなぜそこにいるのかもテンプルトン氏は忘れてしまったみたいで——やがて夕暮れどき、帰る時間となった。

立ちあがって、男ふたりはもう一度握手をし、扉の閉まった寝室の前を通りかかったところで、三人そろって歩をゆるめた。サンドラがふりむくと、父親のテンプルトン氏はかぶりをふった。

「今日はよくない」とテンプルトン氏はいった。「そっとしておいたほうがいいだろう」

というわけで、ふたりは家をあとにし、薄闇のなか、老いた父親に向かって手をふると、彼も手をふりかえして、指さしたのだった、子供のようにはしゃぎながら、きらめく星空を。

三つの仕事

希望に満ちあふれた大都会ということで父さんと母さんが移り住んだのは、アラバマ州のバーミンガムだった。立身出世を求めて父さんは行動を開始した。エドワード・ブルームが偉大なる力と知性と忍耐力の持ち主であるという評判は遠くこの地にも及んでいた。とはいえ、まだいわば青二才、いろいろな仕事で働くことのすばらしさを経験してからでなければ、天職に就けないだろうことは、承知のうえだった。

最初に見つけたのは獣医の助手という仕事だった。獣医の助手の仕事でいちばん大事なのは、犬舎や猫の檻を掃除することだった。毎朝病院に着くと、犬舎や猫の檻は糞尿だらけといっていいほどになっている。前の晩に敷いておいた紙の上にきちんとのっているものもあったが、壁にべったりついていることのほうが多く、なかには自分の体を汚している犬もいた。父さんは毎朝毎晩、これを掃除した。ぴかぴかになるまで、床からものを食べても平気なくらい、染みひとつなくなるまで、徹底的に檻をきれいにした。でもそれがまたあっという間に汚されてしまう。永劫の罰を命じられたシジフォスさながら欲求不満と戦わねばならないのがこの仕事の辛いところ——こちらをじっと見ている犬が、掃除したばかりのきれいな犬舎に、さて、と鍵をかけたとたん、また糞をしたりするのだった。

二番めに経験したのは市の中心街にあるスミス百貨店の下着売場の販売員の仕事だった。下着売場に配属が決まったときには残酷な冗談ではないかと思い、事実おおいに悩まされることになったのがほかの売場の男性販売員——特にスポーツ用品売場の連中の、品のない冗談。けれどもエドワードはこれに耐えた。そしてスミス百貨店をひいきにしている女性客たちの信頼を勝ちとり、同僚の女性たちにも好かれるようになった。そのセンスのよさをみな頼りにしているのだった。

ところが、なかにただひとり、店員としての父さんを受けつけない女性がいた。名前はミュリエル・レインウォーター。バーミンガム生まれのバーミンガム育ちで、二度結婚し、夫はふたりとも亡くなり、子供はひとりもなく、一生かかっても使いきれないほどの財産がその手もとにはあるという女性だった。年はすでに八十に近く、樹木さながら年々胴回りが太くなって、いまやその姿は実に堂々たるもの、なのに彼女はたいへんな見栄っぱりだった。いまよりずっと細くなろうという気はさらさらないいっぽうで、いまよりずっと細く見せたいと願っていることはまちがいなく、その証拠によくスミス百貨店の下着売場を訪れては、ガードルの新製品を探すのである。

というわけでレインウォーター夫人は毎月のようにずんずんとスミス百貨店へやってきては、客のために用意された張りぐるみの大きなソファに腰をおろし、ひとこともいわずにただ顎だけしゃくって、店員のひとりにいちばん新しいデザインのガードルを持ってこさせる。頼む相手はエドワード・ブルーム以外と決まっていた。

端から無視していることはまちがいなかった。けれども別にエドワードのほうでも、特にレインウォーター夫人がお気に入りというわけではなかった。そんな店員はひとりもいなかった。足は防虫剤のにおいがするし、髪の毛は焼け焦げたカーテンみたいだし、それに試したい商品を指さすときの、あのぞんざいな腕のふりかた。それでも断固として自分に頼もうとしないということはつまり、エドワードにとってレインウォーター夫人は店でも最上の客、願ってもない客ということでもあった。いつの日にか店員としてミュリエル・レインウォーターに仕えることを、エドワードは目標にかかげた。

目標達成に向けて、まずは新しく入荷したガードルをすべて倉庫の隅に隠し、自分しか場所がわからないようにした。すぐ翌日にレインウォーター夫人はやってきた。そして張りぐるみのソファに腰をおろし、女性店員のひとりを指さした。

「ちょっと！」とレインウォーター夫人は声をかけた。「ガードルを持ってきてちょうだい！」

女性店員はうろたえた。レインウォーター夫人が怖いのだった。「ガードルですか？　あの、まだ入荷してませんっ！」

「そんなはずないでしょ！」大きく開いたレインウォーター夫人の口は洞穴さながらだった。「もう入っているはずよ、知ってるんだから！　ちょっと、あなた！」夫人は別の女性店員を指さした。水枕のような腕をふりながら、「彼女がだめなら、あなたにするわ。ガードルを見せてちょうだい！」

その女性店員は泣きながら逃げだした。次の店員はレインウォーター夫人が口を開く前に床にへなへなと膝をついてしまった。

そしてついに残るは父さんだけ。商品が展示してあるフロアのいちばん奥に、胸を張って背の高い父さんは立っていた。レインウォーター夫人は見て見ぬふりをした。父さんなどそこにいないかのごとく、ふるまった。

「ちょっと、誰かいないの？」夫人は叫んだ。「新しいガードルが見たいのよ！　ねえ、誰か――」

フロアを横切って近づき、すっと父さんは夫人の前に立った。

「なによ、あなた」

「いらっしゃいませ、レインウォーター様」

レインウォーター夫人は首を横にふって、足もとに視線を落とした。唾でも吐きたいかのようだった。

「ここは男性のうろうろする場所じゃないわ！」叫ぶように夫人はいった。

「でも現に」と父さんはいった。「わたくしはここに。新しいガードルがどこにあるか知っているのも、わたくしひとり。お客さまのお相手をできるのは、このわたくしだけでございます」

「お断りよ！」信じられないというふうに首をふって、夫人は馬さながらの大きな眼を丸くし、

「冗談じゃ……なんだって……」

「わたくしでよろしければ、すぐにお持ちいたしますが、レインウォーター様。それはもう、心から喜んで」

「わかったわよ！」口の両端に唾をためて夫人はいった。「持ってきてちょうだい！」

いわれたとおり父さんはガードルを持ってきた。レインウォーター夫人は立ちあがり、ゆさゆさと体を揺すりながら試着室へ向かった。新しいガードルはスツールの上に用意されていた。夫人は叩きつけるようにして試着室の扉を閉めた。外で待つ父さんの耳に、夫人の文句だの呻き声だのホックをはずす音だのなにかを締めあげる音だのが聞こえ、数分後、ようやく夫人は姿をあらわした。

それはもはやレインウォーター夫人ではなかった。完璧な大変身、ガードルの勝ち。クジラ

並みの巨体をのみこんで、その姿を美そのものにつくり変えていた。胸はたしかにかなりふくよかで、臀部の迫力もかなりのものだったが、波打つ曲線にはひとつも無理がなく、滑らかで、おまけに年より若く見えたし、魅力的に見えたし、まちがいなく前よりも幸せそうだった。技術の進歩がもたらした奇跡にほかならなかった。

神と出会ったかのごとく、レインウォーター夫人は父さんをふりむいた。

「これよ！」歌うように夫人は叫んだ。「これこそ、わたしが生涯探し求めていたガードルだわ！　なのに、わたしったら、あなたのこと――ずっと――なんて申し訳ないことをしていたのかしら。ねえ、許してくださる？」

そして夫人はまた鏡に向き直り、生まれ変わった自分を愛おしげに見つめた。

「そうよ」と彼女はいった。「ああ、そう。これがほんとうのわたしなのよ。これなら、ひょっとしてまた結婚できるかもしれない。こんなガードルとこんなに簡単に出会えるなんて、夢にも思っていなかった！　ねえ、見て！　見てちょうだい、このわたしを！」

ふりむいてレインウォーター夫人は父さんに賞賛の眼差しを向けた。

「出世するわよ、あなた」

三番め、最後にエドワード・ブルームが体験したのは野犬相手の力仕事だった。販売員から売場の責任者へとあっという間に昇進したところで父さんと母さんが移り住んだのは、通りをはさんで小学校と向かい合った白い小さな一軒家。その家に住むのは父さんと母さんでふた家族めだった。家を建てたのはエイモス・キャロウェイという男で、六十年前のこと。夫婦で子供を育て、その子供たちはすでにみな独立していた。キャロウェイ夫人は何年も前に亡くなり、残されたキャロウェイ氏もまた亡くなったときに近所の人びとが望んだのは、あの可愛い子供たちのうちの誰かがもどってきて住んでくれないか、ということだった。けれども誰ももどってこなかった。みな遠くの町や都会にすでに根をおろしていて、父親の埋葬をすませると、すぐに家を売りにだし、運よくそれを買ったのがブルーム夫妻というわけだった。

でもブルーム夫妻は歓迎されていなかった――エイモス・キャロウェイの家の住人としては。エイモス・キャロウェイと彼が建てた家の組み合わせは絶対的なもので、彼が亡くなるとすぐに家は壊して子供たちのための公園でもつくらないかという声が隣人たちのあいだからは、あがったほどだった。キャロウェイ一家はもういないのだから、家も取り壊してしまうべきではないか、と。どこかの見知らぬ夫婦がやってきてあの家に住むなど――彼らにいわせるなら――エイモス・キャロウェイの遺体を納めたばかりの棺に、別の人間がふたりして押し入ろうとするようなものだった。早い話が、誰もブルーム夫妻のことはよく思っていなかったのである。

その雰囲気をどうにか変えようと、父さんと母さんは努力した。母さんが捨て猫の面倒を見はじめたのは、キャロウェイ夫人がそうしていたことを知ったからだった。父さんは前庭に並んだアザレアをアルファベット型に刈ることを怠らなかった——エイモス・キャロウェイがそれで地元じゅうの評判だったことを考慮して。けれども無駄だった。いくら週末のたびに庭に出て隣人たちと同じように植木の手入れをしようと、ふたりは透明人間も同然。ある意味では、ほんとうにそうだった。エイモス・キャロウェイ一家がもはやいない寂しさに耐えるために隣人たちが選んだのは、ブルーム夫妻の存在を無視するというやりかただった。

そんなある日、住宅地一帯が野犬の群れに襲われるという事件が起きた。どこからあらわれたのかわからない。六匹、八匹、いや十匹という人もいて——それが夜になるとゴミ箱をあさったり、庭に深い穴を掘ったりするのである。ビロードのように滑らかだった夜の眠りが、恐ろしい吠え声や獰猛な唸り声にひきちぎられた。ほかの犬でも、敢えてこれに立ち向かおうとするものは、翌朝死体で発見されるか行方不明になるかのどちらかだった。子供たちは夜間外出禁止となった。一部の男たちはどこへ行くにも銃を携えるようになった。そしてついには町の要請で州の動物管理局の係官が出動、血みどろの夜が訪れて、片端から殺されるか、もしくは捕獲された。

残るは一匹。これがいちばん獰猛で手に負えない犬だった。全身真っ黒で、夜の闇と区別がつかない。音もなく動きまわるため、すぐそばまで忍び寄られても気づかず——白く光る牙を見てみな初めてぎょっとするという具合だった。おまけに、それはただの野犬ではなかった——狂っていた、狂犬だった。人間並みの怒りと復讐心をそなえているかに見えた。その事実を思い知らされたのは、敷地のまわりに電気柵をめぐらせた、ある家族だった。窓から様子をうかがっていると、ある晩その犬があらわれて柵に近づいた。触れたとたん、凄まじい衝撃で通りに跳ねかえされたが、特にけがはなく、以後、犬はその家のまわりだけをうろつくようになり、結局、朝まで人間のほうの出入りがまったくできなかった。身を守るための柵に、逆にとじこめられたようなものだった。

父さんならいつでもその犬を手なづけて、生まれ育った丘のほうへと連れ帰ることができたはず——どんな動物相手でも、苦労はないはずだった。ところが、父さんはそれをしなかった。なぜって？　できなかったのだ、生まれて初めて。新しい生活で厳しい状況におかれ、父さんはまいっていた。生まれながらの才能や力を出し惜しみしたわけではない——ただ単に、どの力も失ってしまったかのようだった。

だから野犬の襲撃はいつまでもつづいていたかもしれない——**運命**が父さんの背をひょいと押して、ある晩、散歩に行かせていなかったなら。エッジウッド通りはいうまでもなく、がらんとしていた。日没後に魔犬（犬はそう呼ばれるようになっていた）がうろついていることを知りながら外を歩こうとする者など、ひとりもいなかった。でも父さんは犬のことなどほとんど考えていなかった。犬を怖れて、そのために生活を変えるような父さんではなかった。というより、もしかしたら、なにかもっと偉大な力に操られていたのかもしれない。わかっているのは次のことだけ――ある晩、散歩に出かけて、父さんは子供の命を救ったのである。

その子――三歳になるジェニファー・モーガンが通称「昔のキャロウェイさん宅」の二軒先の裏口から外に出てしまったのは、流れなくなった主寝室のトイレの修理に両親が夢中になっている最中のことだった。犬のことをさんざん聞かされて、ジェニファーはもう我慢できなくなっていた――出ていって、いちど撫でてみなければ気がすまなかったのだ。父さんが気づいたとき、ジェニファーはちょうど真っ黒で獰猛なそれに歩み寄り、手に持ったパン切れをやろうとしているところだった。「はい、ワンちゃん、ワンちゃん。おいで」

向かってくる魔犬は余裕の足どりだった。この運のよさが信じられんといわんばかりだった。小さな女の子をたいらげたことはないが、うまいと聞いている。男の子よりはうまい、チキン並みだ、と。

その舌なめずりの邪魔をしたのが、エドワード・ブルームだった。さっと少女を抱きあげ、エドワードはパン切れを犬に放り投げた。犬は見向きもせず、立ちどまりもしなかった。ほかのときなら伝説の魔法が効いて、おとなしくひきさがっていたことだろう。けれどもこの大きな黒い魔犬は逆に激昂した。エドワードは、自分とごちそうのあいだに割って入った無礼者にほかならなかった。

猛烈な勢いで犬はふたりに飛びかかった。少女を抱いたまま父さんはもういっぽうの手で犬の首根っこをつかみ、地面に叩きつけた。犬は悲鳴をあげたが、すぐに起きあがり、容赦のない恐ろしい声で唸りはじめた。首を激しく横にふり――一瞬、牙とピンク色の歯茎を剥いて唸る頭が、ふたつに見えたほどだった。

モーガン夫妻もすでに娘がいないことに気づいて、唸り声のするほうへと駆けてくるところだった。駆けつけた夫妻の眼の前で、犬はまたふたりに飛びかかり、今度はその牙が父さんの首をかすめ、生暖かい湿った息が顔にかかった。これが犬の命取りとなった。宙高く飛びあがりすぎたため、無防備な腹を見せる恰好となり、エドワード・ブルームは勢いよく手をのばすだけで犬の毛も皮膚も突きやぶり体内からどくどくと脈打つその巨大な心臓をつかみだすことができたのである。幅広の肩で覆いかくすようにぐっと抱きかかえられていた少女は、残虐なこの場面とは無縁だった。どさりと地面に落ちた犬の横に父さんは心臓を放り、少女を両親の手にかえして、夜の散歩をつづけた。

というのがエドワード・ブルームの苦労した、三つの仕事。

戦争に行く

父さんは将軍でも大佐でも、なんの将校でもなかった。看護兵でも詩人でも、皮肉屋でも恋人でもない。無線係でもない。父さんは、もちろん、船乗りだった。泡立つ大海に向けて仲間の水兵たちと乗り組んだ船の名は、無敵の〈ネリード〉。それは故郷の町に匹敵するほど大きな船だった。いや、それ以上。乗組員の数はアシュランドの全人口よりまちがいなく多かった。比べるには、町はもうだいぶ遠くなってしまっていたけれども。故郷を離れてからすでにたくさんの偉業をエドワード・ブルームは成し遂げていた。なかでも今度のが最大で、その役割は――自由世界を守ること。全世界が自分の肩にかかっているような、妙な気分だった。ただの水兵で、勲章もない、なんのバッジもつけていない、なのに、すべては自分が最後までこれを見届けることができるか否かにかかっている気がした。この船に乗り組んでいるということは、そういう意味ではよいことだった。無敵の船が、濃いワイン色の海を滑るように進んでいるということは。四方を海にかこまれ、どちらを向いても見えるのは水平線だけで、その向こう、よりすばらしい世界へとエドワードは思いをはせずにいられなかった。大いなる可能性を感じずにはいられなかった。海にかこまれていると安心して、穏やかな気分になれた。

そんな気分でいたところへ、魚雷命中。座礁したかと思うような揺れとともに、エドワードは甲板に投げだされた。船が傾きだした。

「全員位置につけ！」拡声器から命令がひびきわたった。「救命具用意！」

父さんは内心ちょっとショックを受けて、**そんなはずはない！**と思いながらも救命具を見つけ、紐を首と腰に結びつけた。あたりを見まわし落ち着かない気分で、**そんなはずはない**と思いながらも、パニックには少しも陥っていなかった。周囲の誰もパニックには陥っていなかった。みな驚くほど冷静で、訓練さながらだった。けれども〈ネリード〉は左舷にどんどん傾いていた。

そのとき拡声器から船長の声が聞こえた。

「全員位置につけ。脱出用意」

でもまだ驚く者や慌てる者はいなかった。旗旒甲板《フラッグデッキ》にいた水兵はみな昇降階段をおりて後甲板へと向かった。押し合いへし合いはなかった。エドワードは仲間に笑いかけ、仲間も笑みをかえし、そのいっぽうで船は少しずつ沈んでいくという具合だった。

甲板におりると新たな現実が待ちかまえていた。乗組員たちが海に投げおろしているのは救命ボートだけではなかった。板きれや救命胴衣やベンチなど、浮きそうなものは片端から投げこんでいた。つづいて自分たちも飛びおりる。けれども船は奥行きの深い岩棚のようなものだった。多くの仲間が距離の判断をあやまって船腹にぶつかり、海面に滑り落ちていった。あっちでもこっちでも、海に飛びこんでいた。無数の頭が人間ブイのように海面に見え隠れしていた。まだ回転しているスクリューに巻きこまれる者もいた。エドワードは船縁にすわりこみ、妻から受けとった最後の手紙をとりだした。「あなたのことを思わない日は一日もありません。お祈りまでしています――しはじめたところです。気分が落ち着きます。願いがかないますように」頬をゆるめてエドワードは手紙を折りたたみ、ポケットにしまった。靴とそれから靴下を脱ぎ、靴下は丸めて靴の奥に押しこんだ。近くにいた男が飛びおり、別の男の上に落ちて、ふたりとも姿が見えなくなった。**誰の上にも落ちたくない**とエドワードは思い、空いている場所を探した。ところが見つけて見おろすと、海面には油が浮いていて、そこにも飛びおりたくなかった。だからきれいな場所、まだ油だらけになっていない海面を見つけ、こう信じて疑わないふりをした――自分はまっすぐあそこに飛びおりられる。

奇跡的に、うまくいった。船縁から飛びおりて六メートル下の海面に落ち、すぐに沈んで、浮かびあがらなかった。水深十メートル、いや、ひょっとしたら十二メートルくらいのところで琥珀にとじこめられたハエさながらの状態。傾いて沈んでゆく船が見え、頭上には仲間の水兵たちの足がうじゃうじゃとあって、巨大なムカデが泳いでいるかに見えた。自分はもう溺れているのだと思ったが、そうではなかった。逆に息ができている気がした。口ではなく、全身で。どういうことなのか、わけがわからなかったが、きちんと呼吸していて、ということはつまり、もう死んでいるのだと思った。

　ところがそのとき、船の反対側の遠くのほうで少女が手をふっているのが見えた。はるか昔に出会ったあの少女だ、と思った。すぐにわかった。こちらへいらっしゃいと笑いながら手をふっている。ずっとそこで待っていたかのようだった。エドワードは彼女のほうへ向かって泳ぎだした。あの少女だ、たしかに。少し大きくなって、自分と同じくらいの年になっているが、あの少女だ。近づくと彼女はさらに向こうへと泳ぎ、手をふりつづけた。どのくらいそうして水中で彼女を追っていたかわからないが、妙に長かったことだけはまちがいない。やがて油膜に覆われた海面から陽の光が射しこみ、見あげると油はもう浮いていなくて、真っ青な世界が広がっていた。そして少女のほうへ眼をやると――いや、もうれっきとした女性だ、と思いなおしながら――彼女も消えていた。ふいに息が苦しくなった。きらめく海面へと向かい、泡になったようにふわりとすばやく浮上して光あふれる世界に頭を突きだすと、こんなところまで来たのかと驚くほど仲間たちの姿は遠くなっていた。みな立ち泳ぎで重そうに油をかきわけている。けれども先ほどの少女と同じようにエドワードが手をふっているのを見るなり、元気になって、希望すら抱いて、父さんの姿に気づいた者はみな、できるだけ自分も父さんに近づこうと懸命に泳ぎはじめた。何百人もの男たちが油のなかをのろのろと向かってくるのが見えた。そうでない者もいた。気づきながら、父さんのほうへ泳いでこない者もいた。その彼らはどうしたかというと、水面下に引きこまれていった。沈没しはじめた〈ネリード〉の渦に巻きこまれて、彼らは沈んでいった。遠く離れていたエドワードも体をひっぱられないではなかったが、船にはもどらなかった。もどるならわが家しかなかった。

父の死——撮影《テイクスリー》3

たとえば、こうだ。わが家のかかりつけの医者、老齢のベネット先生が客用の寝室から出てきて、うしろ手にそっとドアを閉める。恐ろしく年老いたベネット先生は、大昔から家族の一員も同然で、ぼくが生まれたときもその場にいて、そのころから地元の医師会には早く引退をと勧められていたという——そのくらい、年老いている。年老いて、いまやほとんどなにもできなくなっている。摺り足なのはうまく歩けないから。いつも喘いでいるのは息がうまくできないから。それに、死期の近づいた患者の容態にも、どう対処してよいかわからないらしい。数週間前から父が使っている客用の寝室から姿をあらわすと、ベネット先生はわっと泣きだし、しばらく話のできない状態で、肩を上下させ、しわくちゃの老いた両手で眼を覆いながら、涙を流しつづける。

しばらくしてやっと顔をあげ、喘いで息をする。迷子になった幼子のように途方にくれた様子で、母とぼくに向かって、こういう。最悪の事態も覚悟のうえのぼくらに向かって、「どう……どういうことなのかわからん。もうわしにはわからん。ともかく、よくないことだけは、たしかなようだ。会ったほうがいい、直接」

　母がぼくをふりむく。覚悟を決めた眼をしている。扉の向こうになにが待っていようと、どんな寂しさや恐ろしさが自分を待ちうけていようと心の準備はできているわという眼。すべて覚悟のうえ。ぼくの手をとり、かたく握りしめ、立ちあがって母は部屋へと入ってゆく。ベネット先生は父の椅子にどさりと腰をおろし、気が抜けたようにそのままぐったりとする。死んでしまったのではないかとぼくは一瞬疑う。死神があらわれて父を素通りし、代わりに先生を襲ったのではないかと。でもちがう。死神の目的はやはり父。ベネット先生は眼を開け、手の届かぬ遠くの宙を見つめている。なにを考えているか、想像はつく。**エドワード・ブルーム！誰が予想しただろう！　世界を渡り歩いた男！　大貿易商！　永遠に死なないものとみんな思っていた。残るわれわれが木の葉のように散るなかで、厳冬に耐えひとり生きのびる人間がいるとしたら、それはきみ以外にない、と。**まるで神様。みんなに父はそんなふうに思われてきた。朝早い時間にはトランクス一枚、夜遅くにはなにも映っていないテレビを前に口をぽかんと開けたまま居眠りする姿を見かけることがあっても――画面の青白い光に照らされて夢見心地の顔をしていようと――父は全知全能、神様のような人だと、ぼくたちはどこかで信じている。笑いの神様、まともな話はできない代わりに、**ある男が**……とやりだすのが得意な神様。いや、ひょっとしたら人間の女性となにか偉大なる存在とのあいだに生まれ、地上に舞いおりたのはこの世の人びとをもっと笑わせるため、笑いに誘われて父の売る商品をもっと買えば、人びとの暮らしは豊かになり、おかげで父の暮らしも豊かになり、結局はみんなの暮らし向きがとてもよくなりました――ということなのかもしれない。愉快な人で、お金持ち、これ以上、望むべくもない。死の床でも笑っている。ぼくの涙を見て笑っている。いまも笑い声が聞こえ――部屋から出てきた母が、やれやれと首をふる。

「救いがたいわ」と母はいう。「ほんとに、どうしようもなく、救いがたい人」

母も泣いている。だがそれは寂しさや悲しみの涙ではない。寂しさや悲しみの涙は涸れ果てている。いま泣いているのは、やりきれないから。ひとりこの世に残されることが。客間に横たわる父の先はもう長くないのに、ちっとも**それらしくない**ことがやりきれないからだ。母を見て、ぼくは眼でたずねる――**ぼくも？**　母は肩をすくめる。**どちらでも、好きになさい**、というふうに。母自身、いまにも噴きだしそうで、でもやはり泣いていることに変わりはなく、複雑な表情が、とても辛そうに見える。

ベネット先生は父の椅子で眠ってしまったらしい。

立ちあがり、開きかけのドアからぼくは部屋のなかをのぞく。

父は上半身を起こし、枕の山にもたれかかって、「一時停止」の状態で、じっと宙を見つめている。なにかの、誰かの合図を待つがごとく。ぼくが、その合図代わり。姿を見るなり、父は笑みを浮かべる。

「入れ、ウィリアム」父はいう。

「うん、少しよくなったみたいだね」いって、ぼくはベッド脇の椅子に腰をおろす。この何週間か、毎日のようにすわりつづけてきた椅子に。人生の終わりに向かって旅をつづける父を見守るための、ぼくの指定席。

「少しよくなった」父はうなずき、その証拠に、とでもいうように大きく息をついてみせる。

「——ような気がする」

でもそれは今日だけ、いまこのときだけのこと。引きかえす道はもう父にはない。回復は奇跡よりもありえないこと——最高神ゼウスの署名入り許可証三通が必要で、回覧で受けとり眼を通したほかの神々は、父の痩せ衰えた肉体と魂を理由に異議を唱えるかもしれない。

父のごく一部は、もう死んでいるのだ。そう思う。そういうことがありうるのなら。これまでの変わりようは、この眼で実際に見てきたのでなければ、信じられないにちがいない。最初、両腕と両脚に小さな病巣ができた。治療したが、効果はあまりなかった。やがて自然治癒したかに見えたが——ちがった。望んでいたとおりには——期待していたようには——ならなかった。柔らかくて白い皮膚からトウモロコシの穂のように黒くて長い毛が生える代わりに、それはかたく、てかてかとして——第二の皮膚、まるで鱗《うろこ》のようになった。向かい合っているときはいいのだが、部屋を出て暖炉のうえの写真を眼にしたとたん、ぼくは辛くなる。六年か七年前にカリフォルニアの海岸で撮った写真、その写真を見ると、ああ人間だ、と思う。いまの父はそうではない。ぜんぜんちがう。

「元気ではないが」と父はいいなおす。「元気とはいえん。でも、少しよくなった」

「ベネット先生、どうしちゃったのかな」とぼくはいう。「さっき出てきたときには、ほんとに心配そうで……」

父はうなずく。

「実をいうとな」父は声をひそめていう。「ジョークのせいだ、きっと」

「ジョーク?」

「医者のジョーク。たぶん、やりすぎたんだ」そういって父は使い古しのジョークを並べたてはじめる——

先生、先生！　もう五十九秒しか命がないんです。ちょっと待った、あと一分！

先生、先生！　瞼にカーテンばかりちらつくんですけど。見えないよう閉めときなさい。

先生、先生！　姉がめまいがして、エレベーターに乗っているみたいだっていうんです。すぐに連れて来なさい。**でも、この階は通過するみたいで……。**

先生、先生！　なんだかこのごろ自分がヤギになった気がして。だいぶヤキ、がまわったな。

先生、先生！　なんだか体がどんどん縮んでいるみたいなんですけど。患者は腰の低いのがいちばんだよ。

「まだいくらでもいえる」と父は胸を張っていう。

「みたいだね」

「ベネット先生には、会うたびにふたつずつ披露してきたんだが……限界みたいだな。いずれにせよ、あまりユーモアのわかる先生ではない」と父はいう。「医者はみんな、そうだ」

「まじめに話してほしかっただけなんじゃないの？」

「まじめに？」

「ふざけないでさ」とぼくはいう。「ふつうの患者らしく、どこが悪いのか、痛いのか、ちゃんと」

「ああ」と父はいう。「たとえばこうか——〈先生、先生！　死にそうなんです、早く治してください〉——とかなんとか」

「とかなんとか」ぼくもくりかえす。「まあ、実際には——」

「実際には、治療法なんか、ありはしない。お互いそれは承知のうえだ」そう父はいう。笑顔が小さくなり、深くベッドへと沈みこむ体が、また老いて頼りなげになる。「まるで三三年の大疫病だな。誰にも病名がわからない。原因もわからない。なにもかもよくなったかに見えた、その次の日には——アシュランド一の力自慢があの世行き。朝食を食べている最中にだ。死後硬直があまりに速くて、キッチンテーブルでスプーンを口に運びかけたまま、かたまってしまった。その後、一時間でたてつづけに十二人が死んだ。わたしは、なぜか無事だった。となりの家の人間が倒れるのを、この眼で見ている。体のなかがいきなり空っぽになったみたいに、ぐにゃりと地面にくずおれて、まるで——」

「父さん」とぼくは何度か声をかける。そしてようやく父が口をつぐんだところで、骨と皮だけのか細い手をとり、「もうやめて、いいね？　くだらないジョークはもうよして」

「くだらない？」

「これでも大いに気を遣ったつもりだよ」

「そいつはありがたい」

「少しのあいだでいいから」とぼくはいう。「話をしようよ、ね？　男同士、父と息子として。ほら話はもういいから」

「ほら話？　嘘だというのか？　信じられないのは、父さんが父親から聞いた話だ。こんなもんじゃない、わたしが子供のころに聞いた話、あれこそは、ほら話もいいところだった。真夜中に叩き起こされては、ほら話を聞かされた。ひどいもんだった」

「**でもそれだって、**嘘じゃないか。信じないからね、ぼくは」

「いいんだよ、別に信じなくたって」疲れたように父はいう。「それはそれとして受けとめれば。要するに――比喩《メタファー》のようなものだ」

「忘れた」ぼくはいう。「なんだっけ、比喩《メタファー》って」

「牛だの羊だの」答えてから、父はちょっと体を縮こませる。

「ほらね？」ぼくはいう。「せっかくまじめに話してるのに、すぐ冗談にする。もどかしいよ、父さん。あと一歩のところで近づけない。なんだか――ぼくのこと怖がっているみたいじゃないか」

「怖がっている？」父は大げさに眼を剥いてみせる。「余命いくばくもないわたしが、おまえのことを怖がっているだと？」

「ぼくと向き合うのを」

それを聞いて父は――親父は――横を向き、過去に思いをはせる。

「父さん自身の、父親のことがあるからかもしれんな」と父はいう。「親父は酒飲みだった。話したことなかったろう、これは。ひどい飲んだくれだった、手に負えないほどの。酔っぱらいすぎて、自分で酒が買いに行けなくなることもあった。最初は、息子のわたしが使いにやらされていたが、いやだといって、断るようになった。代わりに親父が仕込んだのは、犬だ。飼い犬のジュニパー。空のバケツをくわえさせて、街角の酒場からビールをなみなみと持ってこさせる。代金は首輪に一ドル札を挟みこんでおく。ある日、その一ドル札がなくて、あるのは五ドル札ばかり。しかたなしにそれを挟みこんだ。

犬はなかなかもどってこなかった。親父が酔いを押して酒場に向かうと、犬はカウンターにすわって、ダブル・マティーニを飲んでいた。

親父は怒った。心底傷ついた。

〈前は一度もこんなことなかったじゃないか〉ジュニパーに向かって親父はいった。

〈前はいつも一ドルしかくれなかったじゃないか〉とジュニパーは答えた」

父はぼくの顔を見て、平然としている。

「無理みたいだね、どうやっても」ぼくは声を荒げ、歯ぎしりしながらいう。

「そんなことはない」

「なら」とぼくはいう。「やってみせてよ。まじめに話をして。たとえば生まれた町の話とか」

「アシュランド」唇を舐めて、父はいう。

「アシュランドね。どういうところだったの?」

「ちっぽけな町さ」遠くを見るような眼をして父はいう。「ちっぽけな」

「どのくらい?」

「とにかく小さくて」父は語る。「電気カミソリを使うと、外灯が暗くなった」

「最初からこれだ」

「とにかく貧しくて」父は語りつづける。「食事は豆でがまんしないと、泡風呂《バブルバス》が買えなかった」

「最高だよ、父さん」身をのりだして、ぼくはいう。「もう少しぼくたち家族のことを考えてくれてもいいんじゃない。ひどすぎるよ、ちょっと。お願いだから、ねえ。子供のころはどんなだったの？」

「太っていた」父は語る。「誰も遊んでくれなかった。太っているせいで、かくれんぼは鬼ばかり。そのくらい太っていた」父はつづける。「太っているせいで家を一歩出るのもたいへん。父さんが歩くとどこもイッポー通行になった」もう笑っていないのは、別におかしい話をしようとしているのではないから。それは父さんのありのままの姿、そうでなくてはいられない姿。顔の下にもうひとつ顔があり、その下にまた別の顔があって、さらにその下には、暗く疼く世界、父さんの人生、父さんにもぼくにも理解できないものがある。ぼくにいえるのは、これだけ——「もう一度、もう一度だけチャンスをあげるから。それでだめなら出ていくよ。出ていって、もどってくるかどうか、わからないからね。ふたりでコメディやってるんじゃないんだから。まじめ役はもうごめんだよ」

するとと父はこういう。ぼくの父さん、眼の前でじき死のうとしている、ほかならぬぼくの父さんは、今日だけ妙に調子がよさそうに、こういう。「おまえ、いつもとちがうな」精いっぱいグルーチョ・マルクスを気どって、ぼくがまじめに受けとらないよう――万が一の効き目もありはしないのに――眼くばせしながら、「その調子だ」

それをぼくはまじめに受けとってしまう。だからいけないのだ。立ちあがって部屋を出ていこうとするぼくの手首を、父さんはぐいとつかむ。どこにそんな力が残っていたのかと思うほど強く。ぼくは父さんをふりむく。

「いつ死ぬかは、承知のうえだ」ぼくの眼をのぞきこむようにして、父さんはいう。「見たんだよ、自分が死ぬところを。いつどんなふうに――すべてわかっている。今日でないことはまちがいない。心配するな」

いたってまじめで、ぼくは信じる気になる。ほんとうにそうなのだ。わかっているのだ、父には。数えきれないほどの思いが頭にはあるのに、ひとつとして言葉にならない。眼と眼が合い、見つめ合ううち、ぼくの心はただただ驚きでいっぱいになる。わかっているのだ、父には。

「どうして――どうやって――」

「昔からそうでね」静かに、父はいう。「先を見通す力、ヴィジョン、とでもいうのかな。それが子供のころからあった。小さいころ、同じような夢を何度か見たんだ。そのたびに叫びながら眼を覚ました。様子を見にきた父親にどうしたのかと聞かれて、最初の晩はこう答えた。

ステイシーおばさんが死ぬ夢を見たんだ、と。ステイシーおばさんなら元気だからと父親はいい、そのひとことで安心して眠りについた。

ところが翌日、おばさんは亡くなった。

一週間かそこいらたったころ、また同じことが起きた。別の夢を見て悲鳴をあげながら飛びおきたんだ。部屋へ来た父親に、今度はおじいちゃんが死ぬ夢を見たといった。父親はまたこういった——ちょっと声がうわずってはいたが——おじいちゃんなら元気だから。それで安心して眠りについた。

翌日、もちろん、じいさんは死んだ。

それから何週間か、夢は見なかった。ところがしばらくして、また見たんだ、別の夢を。父親に今度はなんの夢だと聞かれ、自分の父親が死ぬ夢だったと答えた。むろん、親父はこういった。だいじょうぶ、このとおりぴんぴんしてるだろう、夢のことは忘れてもう寝なさい。でも内心穏やかでなかったことはまちがいない。ひと晩じゅう部屋のなかを歩きまわる音が聞こえたよ。次の日もひどく落ち着かない様子で、あっちを向いたりこっちを向いたり、頭になにか落ちてくるんじゃないかと気を揉んでいるみたいだった。町へはいつもより早く出かけて、遅くまで帰ってこなかった。やっと帰ってきたと思ったら、憔悴しきった顔をしていた。斧でもふってきやしないかと、一日じゅうびくびくしていたみたいに。

〈やれやれ〉と母親の顔を見るなり親父はいった。〈人生で最悪の一日だったよ！〉〈なにが最悪よ、いいじゃないの、あなたなんか〉母親はいいかえした。〈牛乳配達の彼なんて、今朝急にポーチで死んじゃったんだから！〉」

ぼくは部屋をあとにして思いきりドアを閉めながら、こう思う――父さんなんて、心臓発作でも起こしてさっさと死んじまえばいいんだ。そうすれば、ぼくたちはこうしたなにもかもと、さよならできる。悲しいのは、もういまだって同じなのだから。

「おい！」ドアの向こうから父の声が聞こえる。「ユーモアのセンスはどうした！　ユーモアのセンスがないなら、思いやりは！　もどってこい！」父は叫ぶ。「待ってくれ、頼む、息子よ！　親父を見捨てる気か！」

ぼくが生まれた日

ぼくが生まれた日、エドワード・ブルームはシャツのポケットにトランジスターラジオをつっこんでフットボールの試合に夢中になっていた。芝を刈りながら、タバコを吸いながら。雨の多い夏で、芝はのび放題、ただしその日は父さんにも家の庭にも容赦なく陽射しが照りつけていて、昔を思い起こさずにはいられなかった。太陽がもっとぎらぎらと輝いていたころ、世の中のすべてがもっと熱かったり大きかったり、快適だったり単純だったりしたころのことを。両肩が陽に焼けてリンゴみたいに赤くなっていたが、まるで気づかなかった。なにしろ一年でいちばん大事な試合に耳をかたむけている最中だったから。母校オーバーンが登場して、対戦する相手は宿敵アラバマ、過去には例外なくアラバマのほうに軍配があがっていた。

父さんは途中でちらと母さんのことを考えた。母さんは家のなかにいて、電気代の請求書とにらめっこをしていた。家のなかはひんやりとしてまるで冷蔵庫のよう、でも母さんの体は汗ばんでいた。

キッチンのテーブルに向かって、電気代の請求書とにらめっこをしていたそのとき、ぼくが動いて下にさがりはじめるのを、母さんは感じた。

じきだわ、と母さんは思って、すぐにひと呼吸したが、立ちあがることはしなかった。請求書とのにらめっこもやめなかった。ただこう思っただけ。**じきだわ**、と。

外では、父さんが芝を刈るあいだにオーバーンの形勢が不利になっていた。いつでも不利。毎度おなじことのくりかえし——今年こそは、やってくれるだろう、そのときが来たのだ、ついに、と信じて始まった試合で、勝ったためしがない。

もうすぐ前半終了。すでにオーバーンは十点の差をつけられていた。

ぼくが生まれた日、父さんは前庭をすませて心機一転、楽観的に裏庭の芝刈りにのぞんだ。後半、オーバーンは反撃に転じ、ボールを確保してすぐにタッチダウンを決めた。いまや三点差。なにが起きてもおかしくはなかった。

アラバマもすぐに点を取りかえし、その後ファンブルでボールを奪って、フィールドゴール。

母さんは電気代の請求書をテーブルに置き、両手で押さえつけて、しわをのばすみたいにした。父さんの苦労と頑張りが数日後には見事な報酬をもたらし、以後二度と電気代の心配をしなくてよくなることを、母さんはまだ知らなかった。この世界、太陽系の惑星はすべて四十二ドル二十七セントと記されたその請求書を中心にまわっているような気がした。それでも家のなかは涼しくないと……。こんな重いお腹を抱えているのだから。本来はほっそりしているはずの体が、ぼくを身ごもっているせいで家一軒のみこんだかのように、大きくふくらんでいた。

だから、涼しい場所にいたかった。

裏庭から父さんの芝刈りの音が聞こえた。母さんは眼を大きく見開いた——生まれる。**いよいよ**。いよいよ生まれる。

オーバーンの反撃が始まった。

しばらくのち。母さんは落ち着いて入院の支度を始めた。オーバーンのボールとなったが、残り時間あと数秒。決めろ、フィールドゴールだ。

その日、父さんは芝刈りの手をとめてラジオのアナウンサーの声に耳をかたむけていた。銅像のようにつったったままの、裏庭の芝は半分だけ刈り終えたところで、半分はまだこれから。

どうせ負けるに決まっている、と父さんは思った。

ぼくが生まれたその日、世界はささやかだけれど、幸せいっぱいの場所になった。

母さんが叫んだ。父さんも叫んだ。

ぼくの生まれた日が、勝利の日となった。

息子のぼく

最初は、こんなものかという印象だった——小さくてピンク色をしていて、ひとりでは生きられず、満足に話もできない。寝がえりさえ打てない。父さんが小さいころ、子供だったころ、赤ん坊だったころには——その存在は、もっと大きなものだった。いまとちがって、ひとりひとりがなくてはならぬ存在。赤ん坊もそうだった。赤ん坊にさえ、果たすべき役割があった。

　といって、まだ赤ん坊のぼくが、そんなたいへんな時代のことを知るはずはない。正真正銘の病院で最新の医療設備とあれやこれやの薬のお世話になりつつ母さんから生まれたぼくには、昔のお産がどんなものだったかなんて、知る由もなかった。でも、だからといって、なにが変わるわけでもない。エドワードはぼくをかわいがった。心から愛した。前々からほしいと思っていた男の子が、ぶじ誕生したのだ。もっといろいろと期待していたことはいうまでもない。穏やかなる光、輝き、ひょっとしたら天使の輪《ハロー》みたいなもの。神秘的な満足感、達成感。ところがどれも期待はずれだった。ぼくはただの赤ん坊で、ほかの子となんら変わりなく——ただし、いうまでもないことだが、エドワード・ブルームの息子で、だから特別な存在だった。ぼくはよく泣いた。よく寝た。毎日そのくりかえし。レパートリーはごく限られていて、でも合間には穏やかで清らかな喜びの一瞬が訪れ、膝にのったぼくは眼を輝かせながら、まるで神様でも見あげるみたいに、父さんをじっと見つめた、ある意味ではほんとうにそうだった。いってみれば神様のようなもの。魔法の種を蒔いて、この生命《いのち》を生みだしたのだから。その瞬間、なんて賢い子なんだろう、なんてすばらしい子なんだろう、と父さんは思った。世に出て活躍するぼくが眼に見えるようだった。無限の可能性を、ぼくは秘めていた。

ところが、そう思ったとたん、また泣きだして、おむつ交換の時間となり、手わたされた母さんがすべて面倒を見てミルクを飲ませるあいだ、ただ椅子にすわってその様子を見ているしかないものだから、エドワード・ブルームは急にうんざりして、泣き声、眠れぬ夜、におい、なにもかもがいやになる。うんざりした顔の妻に、うんざりする。時おり昔を恋しく思うのは、だからだった。自由気ままで、物事をゆっくり考える時間のあった生活が懐かしかった。でもそれは、父さんだけのことだろうか。女の人はいい。女の人は家庭を築くようにできている。そうした思いやりや注意力が生まれながらそなわっている。男は、外に出て働かなければならない。昔からそうだった。狩猟採集の時代からずっとやってきたことで、その役割にいまも変わりはなく、男はそうやっていつも身を引き裂かれ、家のなかと外で、ふたりの人間を演じわけねばならない。母親ならばひと役ですむところ。

最初のうち、エドワードは父親としての役割を真摯に受けとめていた。誰の眼にもそれとわかるほどだった。エドワードは変わった、と。より思いやりのある、考え深い、哲学的な人間になった、と。母さんが日々の家事をこなすかたわらで、父親としての役割における方向性を父さんは打ちたてようとした。自分の長所でぼくにも受け継いでほしいものを数えあげた——

忍耐力
野心
人間的魅力
楽観主義
強さ
知性
想像力

という具合に、紙袋の裏に書きだしてみた。自分が独力で身につけてきたこれらを、いずれはぼくと分かち合うことができる。誰にも邪魔されずに、ただで。これは実はすばらしい機会なのだということに、突如として父さんは気づいた。ぼくが手ぶらで生まれてきたことは、神の恵みとしかいいようがなかった。その眼をのぞきこめば見事な空間が広がっていた。それを満たしてほしいと瞳は望んでいた。これこそが父親の仕事なのだ――ぼくという人間を満たすことが。

実行するのは週末と決まっていた。平日は留守にしていることが多かったから。出張で、営業で、金を稼ぐために――働く。これもいいお手本だった。各地を旅することなく――身軽に飛びまわり、動きまわり、ホテルで寝泊まりし、食事は途中でテイクアウトですませることなしに男がしっかりと生活費を稼げる仕事が、この世の中にほかにあるだろうか。あるかもしれない。でも、それでは性に合わない。毎日おなじ時間に帰宅するなど、考えただけで、ほんの少しだが、気分が悪くなる。どれだけ妻を、息子を愛していようと関係のないことだった。愛には限界があった。ひとりのときはたしかに孤独だが、それをしのぐ寂しさを、大勢の人間にかこまれ休みなしにあれこれ要求されると感じることがある。息抜きが、必要だった。

帰宅すると、よその人間になった気がした。なにもかもが変わっていた。居間の模様替えをし、新しい服を買い、新しい友達をつくった妻が、見たこともない本を読んでいる。それをベッド脇のテーブルに平然と置いている。ぼくの成長はあっという間だった。妻にはわからなくても、彼の眼には明らかだった。帰宅すれば驚くほどの成長ぶり、逆に自分がひどく小さくなっていることに気づかされた。ぼくが大きくなった分だけ。そう、ある意味では真実だった——ぼくが成長するにしたがい、父さんが縮んでいく、というのは。この理屈でいくと、いつの日にかぼくは大男、エドワードはなくなって、この世から消えてしまうことになる。

そうなる前、消えてしまう前は、でも父親だった。父親としての役目を世間並みに果たすことを彼は忘れなかった。キャッチボールの相手をし、自転車を買ってやる。お弁当を用意して、街を見おろす小高い山へピクニックに行く。眼下にはいくらでも夢をかなえてくれる大都会が広がっていた。思い出の地を彼は指さすことができた。最初にあれをしたところ、これをしたところ、あそこで初めての契約にこぎつけ、ここで美しい女性にキスをし、といった具合に短期間で手にしてきた成功と栄誉の数々。エドワードの眼に入るのはそうしたものであって、建物や地平線、森の木々や増築中の病院などではなかった。そうではない、彼自身の物語、成人してからの彼の人生の物語が雄大な景色のように眼下には広がり、そこへぼくを連れて行っては、よく見えるようにと抱きあげて、こういうのだった——「いつかはみんな、おまえのものになるんだよ」

命の恩人

エドワード・ブルームがぼくの命を助けてくれたことは、思い出すかぎりでも二回ある。最初はぼくが五歳、家の裏手にある溝で遊んでいたときのことだった。いつも父さんはこういっていた――「溝には近づくんじゃないぞ、ウィリアム」。何度も何度もくりかえし、いまになにか起こるにちがいない、いつの日にかこの手で息子の命を救わねばならなくなるにちがいないと、見抜いていたかのように。ぼくにとっては、それは溝などではなかった。半分干上がった川、太古からの流れに表面を削りとられ、すべすべになった石があたり一面を埋め尽くす古い川床のようなものだった。水はいつも流れていたが、量はごくわずかで、小枝を運ぶほどの勢いもなかった。

そこがぼくの遊び場所だった。「溝に近づくんじゃないぞ、ウィリアム」と注意されて何分もたたないうちにもう、赤土の土手を滑りおりていることさえあった。ひんやりとした赤土の壁に挟まれて、ひとり夢見る世界には、親の言いつけなど忘れさせてしまう力があった。秘密の場所にぼくはしゃがみこんで、石を次々とひっくりかえしては、ポケットに入れていった。

いちばんかっこいい石、白い石、黒光りして白い斑点のきれいな石。その日もとにかく夢中で、気づかなかったのが実は壁のように押しよせていた水。ぼくを襲って連れ去るのが至上命令であるかのごとく流れてきた水。ぼくには見えなかった。音も聞こえなかった。背を向けてしゃがみこみ、ただ石を眺めていただけ。父さんがいなかったら——事態をどういうわけか事前に察知していなかったら、一気に流されていたことだろう。でも父さんはそこにいて、ぼくのシャツの裾をつかみ、ひっぱりあげて土手におろし、ふたりの眼の前をいまだかつて一度も流れたことのない川は流れ、泡立ちあふれかえって、爪先を濡らしたのだった。しばらくたってようやく父さんはぼくをふりむいた。

「溝には近づくなといったろう?」

「溝って?」とぼくは聞きかえした。

二度目に命を助けてもらったのは、メイフェア通りの新しい家へ引っ越したときのことだった。前の住人の置いていったブランコがあって、運送業者がわが家の古い長椅子やら食堂のテーブルやらを運びこんでいるあいだに、これがどれくらい高くまで上がるか、ぼくとしてはためしてみたくなったのだ。思いきり、一回ずつ力をこめて、ぼくは漕いだ。運が悪かったのは、それが前の住人の置きみやげなどではなかったこと——あとで取りにくるつもりだったらしい。

フレームの脚がすでに地面のコンクリートからはずしてあったため、高く、高く、と漕ぐうちにブランコそのものもひっぱることになって、最高点に達したところでフレームはついに前へ倒れ、ぼくは宙へ放りだされて思いもよらない曲線を描きながら、白い杭垣《ピケットフェンス》のほうへ。そこへ落ちれば、串刺しは免れなかっただろう。父さんをすぐそばに感じたのはそのときだった。いっしょに飛んでいるみたいな——ふたりしていっしょに落ちていくような感じがして、マントさながらの両腕に抱かれたまま、気がつくと並んで地面に倒れこんでいた。天国に行きかけたぼくを父さんはひょいと救ってくれた。途中でさらって、ぶじ地上へと連れもどしてくれたのだった。

不死身の人

　永遠に死なないのではないか、父さんを見てそう思ったことが何度かある。

　ある日、屋根から落ちた。排水溝にたまった落ち葉の掃除に来た庭師が、仕事の途中で梯子を家にたてかけたまま帰ってしまったときのことだった。帰宅して気づいた父さんは、その梯子をのぼりはじめた。てっぺんからあたりを眺めてみたかったらしい。家の屋根から自分のオフィスのある高いビルが見えるかどうか知りたかったのだ、そう父さんはいった。

　ぼくはもう九歳、危険なことはわかる年になっていた。やめて、とぼくはいった。危ないよ。父さんはぼくをじっと見つめ、ウィンクをした。なんだか知らないけれど思わせぶりなウィンクを。

　そして、のぼりはじめた。梯子をのぼるなんて、ひょっとしたら十年ぶりのこと——でもこれは推測に頼るしかない。もしかしたらしょっちゅうのぼっていたのかもしれないし。ぼくにはわからない。

　のぼり終えると、父さんは煙突の横に立って、ぐるりとあたりを見まわした。南、北、東、西の順にじっと眼をやって、自分の会社のビルを探した。黒っぽいスーツにぴかぴかの黒い靴を履いて立つ父さんは、すてきだった。自分がいちばんかっこよく見える場所を、ついに見つけたかのようだった。それは二階建ての家の屋根の上。ぼくを見おろす屋根の上を、父さんはあっちこっち、まるで陸地を探す船のキャプテンみたいに額に手をかざしながら、**ぶらぶらと**歩きまわった。でも肝心のものは見えなかった。父さんのオフィスは遠くどこかの陰にかくれたままだった。

それから、とつぜん、落ちたのだ。ぼくの眼の前で。自分の家の屋根から、ぼくの見ている前で、落ちたのである。あっという間のできごとだった。つまずいたのか、滑ったのか、それとも――ひょっとして、飛びおりたのか――とにかく二階の屋根から落ちて、下の大きな植えこみへ。途中で羽が生えるはずだとぼくは最後の最後まで信じて疑わず、でも結局は生えないとわかったときには、死んでしまったのだと思った。生きているわけはなかったから、駆け寄って、できればなんとかして助けようとか、生きかえらせようとか、そんなふうにさえ思わなかった。

ゆっくりと、ぼくは歩み寄った。父さんの体はぴくりともせず、呼吸すらしていない。顔をのぞきこむと、この世から解き放たれたそれのように、眠るがごとく安らかだった。気持ちよさそうな顔。ぼくはじっと見つめ、忘れまいとした――父さん、ぼくの父さんの死に顔――と思ったら急にそれが動いて、ウィンクをし、笑って、いったのだ。「驚いたろう、え？」

得意技

アシュランドを去るにあたってエドワード・ブルームが心に決めたのは、世界を見てまわる、ということだった。だからいつも動きまわり、ひとところに長くいることは決してない感じだった。足を踏み入れたことのない大陸などなかったし、訪れたことのない国、知り合いのいない大都市もひとつとしてない。文字どおりの国際人。ぼくの前には、肝心なときにだけヒーローみたいに登場して、命を救ってくれたり、おとなになる手助けをしてくれる。でもまた家を留守にするのは、そんな父さんよりもさらに大きな力が呼んでいるから。危険な生きかただよ、と本人はいっていた。

そしてぼくのことは、笑わせておくのが好きだった。思い出すなら笑っているときのぼくがよかったし、思い出してもらうなら、笑わせている自分を思い出してほしかったから。いくつも持っていた偉大なる力のうちで、これがずば抜けていたかもしれない。いつでも、気がつくと、ぼくは大笑いさせられていた。

ある男が——名はロジャーとしておこう——仕事で町を離れなければならなくなった。飼い猫は隣人に預けることにした。とにかくこの世でいちばん愛し可愛がっている猫だったので、出かけた晩さっそく電話を入れ、健康状態はどうか、機嫌はどうか、聞かずにいられなかった。隣人に、ロジャーはたずねた。「わたしの愛する小さな可愛い猫ちゃんはどうしてる？　教えてくれ、隣人」

隣人は答えた。「気の毒だけど、ロジャー。死んでしまったよ。車に轢かれてね。即死だった。お気の毒さま」

愕然とするロジャー！　死んだという知らせもだが――それだけでもじゅうぶんショックなのに！――相手の口調のなんとひどいことか。

そこで、こういった。「ふつう、そんないいかたをするかい、恐ろしい知らせだというのに。そういうときはゆっくりと、時間をかけて説明していくもんだ。いきなりじゃなく！　たとえば――最初に電話をしたときには、いま屋根の上にいる、とかなんとか答えて、次に電話をしたときにも、まだ屋根の上だ、降りてこないんだよ、ひどく気分が悪そうで、とかなんとか答えて、次に電話をしたときに初めて、屋根から落ちたので獣医に連れていった、いま集中治療室だ、と答える。で、次にまた電話したら――こう、少し声を震わせながらいうんだ――死んだよ、と。わかったか」

「わかった」隣人は答えた。「すまん」

三日後、ロジャーはまた隣人に電話を入れた。留守のあいだ家の様子を見てもらったり郵便受けをチェックしてもらったり、ほかにもいろいろと頼んでいたので、なにか変わったことはないか知りたかったのだ。隣人はこう答えた。「うん、実はだね、うん、そう。ひとつあったんだ」

「なんだい?」

「なにって」と隣人はいった。「その、お父さんが……」

「親父!」ロジャーは叫んだ。「親父が! どうしたんだ、いったい!」

「ええと、お父さんは」隣人は話しだした。「いま屋根の上にいて……」

父さんは屋根の上にいる。思い出すならその姿がいちばんだと思うことがある。黒いスーツとぴかぴかの(滑りやすい)靴でめかしこんで、右を向いたり左を向いたり、できるかぎり遠くまで見渡そうとしている父さん。それから下を向いて、こちらを見て、落ちる瞬間ぼくに笑いかけ、ウィンクをする。落下しながらも、ずっとぼくを見ていて——笑ったままの、不思議な、まるで神話みたいな、よくわからない存在。ぼくの父さん。

父さんの夢

死にかけている父さんが見る夢は、自分が死にかけている夢。同時にそれは、ぼくについての夢でもある。

あらすじは以下のとおり――父さんが病気という知らせを聞きつけて、人びとが家の庭に集まってくる。最初は数人だったのが、徐々に増えて十人、二十人、しまいには五十人にもなり、庭をとりまくように立つ彼らの足もとで植えこみは破られコヤブランは踏みつぶされ、雨がふっているものだから、カーポートの下に肩を寄せ合うように立っている人びともいる。夢のなかで、ひとかたまりになって、みな体を揺らし嘆きながら、回復の知らせを待っている。合間に、バスルームの窓の前を父さんが横切り、その姿がちらとでも見えたりすると、大歓声があがる。母さんとぼくは居間の窓からその様子を見守りつつ、どうしてよいかわからない。なかには貧しそうな人もいて、古い擦り切れた服を身にまとい、顔は無精ひげだらけ。それを見て、母さんは落ち着かない気持ちになる。でもブラウスのボタンをもてあそびながら、悲しげにじっと二階の窓を見あげる人びとを、ただ見守るしかない。大事な仕事をおいて駆けつけ、嘆き悲しんでいる感じの人びともなかにはいた。はずしたネクタイをポケットに押しこみ、高価な黒靴の縁まわりが泥だらけになるのもかまわず、携帯電話を取りだして、駆けつけることができなかった人びとに一部始終を伝えている人もいる。男も女も、老いも若きも、揃って父さんの部屋の窓の明かりを見あげ、じっと待っている。なにも起きないその状態が長くつづいた。つまり、ぼくらはふつうに生活しているのに、庭にたくさん人がいるという状態。さすがにいつまでも耐えられるものではなく、数週間たったところで、母さんはぼくにいう——帰ってもらうよう頼んでちょうだい、と。

ぼくはいわれたとおりにする。でも、そのころには人びとの態勢はすっかりととのっていた。モクレンの下に簡単な軽食カウンターができて、パンとチリに茹でたてのブロッコリーを添えた食事をみんなに配っている。スプーンやフォークは誰もが入れ替わり立ち替わり母さんのところへ借りにきた。もどされたそれらにはチリがこびりついたまま、冷たくかたまってしまうと洗ってもなかなか落ちない。ぼくがよく近所の子供たちとタッチフットボールをして遊んだ芝生には小さなテントが張られ、噂ではそこで赤ん坊まで生まれたとか。携帯電話を持ったビジネスマンのひとりは木の切り株の上に小さなインフォメーションセンターを設置し、誰でもそこへ行けば遠くに残してきた愛する人へメッセージを送ったり、父さんの容態を聞けるようになっていた。

その真ん中で長椅子に腰かけ、隅々まで眼を光らせている老人がいた。ぼくの知るかぎりでは会ったことのない人で（ということに、少なくとも父さんの夢でなっていて）、でもそれにしてはどこか見覚えのある顔——知らない人なのに、初対面ではないという感じだった。ときどき人が来て、なにごとか耳打ちしている。老人はじっと聞き入り、相手のいったことを吟味してから、うなずくなり首をふるなりして指示を与えていた。白いあごひげを生やし、眼鏡をかけ、釣り人の帽子をかぶり、その帽子には手作りのルアーがいくつもピンで留めてある。みんなのリーダー格であるように思われたので、ぼくはまず彼に話しに行くことにした。

誰かがまたなにか耳打ちしているところへ、ぼくは近づいていった。口を開こうとするぼくを、老人は手をあげて制した。話を聞き終えるとかぶりをふり、それを受けて伝令のような男は急ぎ立ち去った。老人は手をおろし、ぼくを見た。

「こんにちは」とまずは挨拶した。「ぼくは——」

「わかっている」と老人はいった。柔らかな深みのある声で、しかも温かく、どこか遠くから聞こえているような気がした。「息子さんだろう」

「そうです」

ぼくたちはじっと見つめ合った。相手の顔を見ながら、ぼくは名前を思い出そうとした。ぜったいにどこかで会っているはずだった。でも思い出せない。

「なにか知らせでも？」

老人は食い入るようにぼくを見つめている。その視線に釘付けにされた感じだった。父さんの話によると、ものすごく印象的な人物だったらしい。

「いいえ」とぼくは答えた。「その、変わりないです、たぶん」

「変わりない」そこからなにか特別な意味でも引きだそうとするかのごとく、老人はくりかえした。「すると、まだ泳いでいるんだな？」

「ええ」ぼくは答えた。「毎日。大好きなもので」

「いいことだ」老人はいった。そしていきなり大声で叫んだ。「まだ泳いでいるそうだ！」集まった人びとから大歓声があがった。老人の顔も喜びに輝いている。しばし鼻で深呼吸しながら、頭のなかで状況を整理しているかに見えた。それからまた、ぼくの顔を見た。

「なにかほかに、話があって来たんだろう、ちがうかね？」

「ええ」ぼくはいった。「つまりその、心配してくださるのはありがたいのですが、みなさん、いい人たちばかりみたいだし。でも、その、正直なところ――」

「帰ってほしい」静かに老人はいった。「わたしたちに帰ってほしい、と」

「ええ。申し訳ないんですが」

老人は考えこんだ。話を聞いて反射的に、一瞬うなずいたかに見えた。この場面、夢のなかのこの場面を、父さんはもう自分が死んでいて、遠くから見ているみたいだったという。

「むずかしいな」と老人はいった。「帰るのは。ここにいる人間は――みんな、ほんとうに心配している。追いだされては、途方にくれてしまうだろう。むろん、すぐに立ち直るとは思うが。人生とはそういうものだ。しかし、いまはとにかく、むずかしい。お母さんは――」

「落ち着かないんです」ぼくはいった。「こんなに大勢の人が庭にいるものだから。昼も夜も。わかるでしょう」

「ああ、もちろん」老人はいった。「しかも、このありさまだ。前庭を、完全にだめにしてしまった」

「そう、それもあるし」

「心配無用」と老人はいった。嘘ではなさそうだった。「きちんともとどおりにして帰る」

「母が喜びますよ」

女性がひとり走ってきて、ぼくのシャツを両手でつかみ、泣き顔にこすりつけはじめた。ぼくという存在をたしかめるかのように。

「ウィリアム・ブルーム？」ぼくの顔をのぞきこむようにして彼女はいった。小柄な人で手首も細かった。「ウィリアム・ブルームさんね、そうでしょう？」

「ええ」一歩か二歩あとずさりながらぼくは答えた。でも彼女は離れようとしなかった。「そうですけど」

「これを、お父さんに」彼女は小さなシルクの枕のようなものをぼくの手に押しつけた。「癒しのハーブを包んだ枕。わたしがつくったの。効くかもしれないから」

「ありがとうございます」ぼくは礼をいった。「渡します、忘れずに」

「お父さんはね、わたしの命の恩人なの。大火事があったとき、ご自分の命もかえりみずに、わたしを助けてくださったのよ。おかげで——いまわたしはここに」

「でも長くはいられんよ」老人が横から口をはさんだ。「帰ってくれないかといわれた」

「エドワードに？」彼女は聞きかえした。「帰ってくれとエドワード・ブルームがそういったの？」

「いいや。奥さんと息子さんから話があって」

彼女はうなずいた。

「前におっしゃったとおりね」と彼女はいった。「いまに息子さんが出てきて、帰ってくれとみんなにいう。おっしゃったとおりだわ」

「母に頼まれたんです」当てこすりめいた、わけのわからない会話がぼくは腹立たしくなった。「別に好きでそんなことをいいに来たわけじゃありません」

とつぜん、人びとのいっせいに息をのむ気配がした。誰もが二階の窓を見あげていた。夢のなかでそこに立ち、父さんは手をふっていた。黄色いバスローブをはおり、にこにこしながら、時おり人びとのなかに知った顔を見つけて、指さし眉を吊りあげ口だけ動かして——元気かい？　会えてうれしいよ！——とかなんとかいっては、また別の顔に眼を向ける。みんなも手をふりかえし、叫び、歓声をあげ、それからほんの一瞬のときが流れたかと思うと、父さんはまた手をふって人びとに背を向け、部屋の暗がりへ姿を消した。

「ほほう」老人はにこにこしながらいった。「これはすごいことだ、そうじゃないかね？　元気そうだった。とても元気そうだった」

「よく看病なさっているのね」

「がんばってくれ、その調子で」

「なにもかも、お父さんのおかげなんだ！」モクレンの下から誰かが大声でぼくにいった。つづいてありとあらゆる人の声が不協和音さながらわんわんとひびき、エドワード・ブルームにまつわるエピソードやら善行やらの大合唱となった。言葉の波にぼくはのみこまれそうになった。ほんとうに、のみこまれそうだった。みんなが押し寄せてきて、いっせいにぼくに話しかけるものだから。老人が手をあげて制すると、人びとは口を閉じ、あとずさりした。

「このとおり」と老人はいった。「ひとりひとりに思い出がある。きみと同じだよ。お父さんに心動かされた話、助けてもらった話、仕事をもらった話、お金を貸してもらった話、卸値で得をさせてもらった話。長い話やら、短い話やら、挙げたらきりがない。ぜんぶ集めると、こんなになる。一生をふりかえると、こんなになる。それでみんなここにいるのだよ、ウィリアム。わたしたちは彼の一部、彼の人生そのもので、彼もまたわたしたちの一部にほかならない。まだわからんようだね」

わからなかった。ぼくはじっと老人を見つめ、彼もぼくを見つめかえし、その瞬間、父さんの夢のなかで、どこで会った人か、ぼくは思い出したのだという。

「それで、あなたが父にしてもらったことというのは？」ぼくはたずねた。老人はにっこりした。

「笑わせてもらった」

ぼくは一瞬にして悟った。夢のなかで、父さんの話によると、ぼくは一瞬にして悟ったのだという。庭から小道を引きかえして、ぼくは家にもどった。なかは暖かで光にあふれていた。

「ゾウの長い鼻《トランク》はなんのため？」ドアを閉めようとしたとき、老人が太く深みのある声を張りあげていった。「小物入れ《グローブボックス》がないからその代わり」彼といっしょに、ぼくは口だけ動かしてオチをつけた。

どっと沸きおこる笑い声。

というのが、死にかけている父さんの、自分が死ぬ夢。

3

町をひとつ買って、そして……

次は過去の霧のなかからぼんやりと見えてくる影のような話。

一所懸命働き、運のよさも手伝い、機を逃さず何度もうまい投資をしたおかげで、父さんは裕福になる。ぼくたちは大きな家、きれいな住宅地へと引っ越し、母さんは専業主婦としてぼくを育て、ぼくが成長するかたわら、父さんの熱心な仕事ぶりはつづく。何週間も家を留守にし、疲れて帰ってきたときには悲しげで、ただ会えなくて寂しかった、とだけいう。

そんな具合だから、父さんが仕事で大成功をおさめているにもかかわらず、誰も幸せそうには見えない。母さんも、ぼくも、もちろん父さん自身も。うちの家族はもうだめだ、そんな話まで出る。ちっとも家族らしく見えないし、それらしいこともひとつもしていない。でも、だめにはならない。せっかくの機会がそれと気づかぬうちに過ぎてゆく。辛い時期が過ぎるのをとにかく待とうと、両親は考える。

父さんが思いもよらないお金の使いかたをしはじめるのは、このころ、つまり七十年代の半ば。ある日、人生に欠けているものがあることに父さんは気づく。というより、そういう気持ちが年をとるごとに少しずつ強くなってきて——ちょうど四十になったばかりの——そんなある日、ひょんなことから、どうにも先へ進めないという事態に、父さんは陥る。場所はスペクター《ゆうれい》という小さな町。アラバマだかミシシッピだかジョージア州のどこだかにある町スペクター。先へ進めないというのは、つまり車が故障してしまったから。修理工場へ父さんは車を持っていく。そして待つあいだに、あたりを歩いてみようと思いたつ。

歩いてみると、案の定スペクターはこぢんまりとした美しい町で、小さな白い家々が立ち並んでいる。ポーチもスイングドアも白、そこに大きな木々がちょうどよい陰を落としている。あちこちに花の咲くプランターや花壇、洒落た目抜き通りに加えて、未舗装路や砂利道、舗装路などがほどよく混ざりあい、どれもきちんと整備されている。歩いていて父さんがいつもいちばん気になるのは、こうした道路。なによりも、好きだからだ、ドライブが。通りすぎてゆく景色を眺めるのが。車に乗って、国中、世界中の道路という道路を、法の許すかぎりゆっくりと走りまわるのが——法律、特に速度制限にまつわる法律は、エドワード・ブルームにとっては遵守すべきものでもなんでもない。町なかで時速三十五キロは彼にいわせるなら速すぎる。高速道路なんて狂気の沙汰。そんなスピードで世の中が見えるだろうか。そこにあるもの、窓の外の景色にすら気づかずに急いで、どこへ行く必要があるというのだろう。車などなかった時代のことを父さんはよく覚えている。誰もが歩いていた時代。父さんももちろん——歩くことは歩く。でもエンジンの振動と唸り、タイヤを転がす感触、前やうしろや両横の窓に縁取られた人生のひとこまも、堪えられない。車は、父さんの空飛ぶ絨毯。

いろいろな場所に行けるだけでなく、いろいろな場所を見せてくれる、車……父さんの運転する車は、いつもゆっくりで、出発地から目的地までとにかく時間がかかるので、重要な取引が車のなかでおこなわれることも少なくない。約束の相手がとる手順は、こんな具合だ。まず父さんがどこへ向かう途中のどのあたりにいるのかをつきとめ、とにかくのんびり運転だから今週いっぱいは、おおよそこの範囲から出ることはないだろうと計算して、最寄りの空港まで飛び、レンタカーを借りる。そして目指す道路を見つけ、父さんを追いかける。追いつくと横に並んで、クラクションを鳴らし、手をふり、すると父さんはゆっくりと——エイブラハム・リンカーンがもし車を運転していたならこんなふうにふりむくのではないか、という感じでゆっくりと、ふりむく、というのもぼくの頭のなかでは——いつのまにか頭に入りこんでしっかりと居座ってしまったぼくの記憶によると、父さんは腕が長くてお金持ちで瞳が黒くて、エイブラハム・リンカーンそっくりだから——そして手をふりかえし、車を路肩に寄せ、誰だか知らない取引相手はその助手席に乗りこんで、補佐役だか弁護士はうしろに乗って、そのままうねうねとつづくすてきな道をドライブしているうちに、契約は結ばれる。それに、そう、これは神のみぞ知るだけれど、浮気だってするかもしれない。車中の恋、美しい女性、有名な女優たちとのロマンス。夜には白いテーブルクロスをかけた小さなテーブルを挟んで向かい合い、キャンドルを灯し、食事にお酒、ちょっと浮ついた気分で、ふたりの将来に乾杯……。

スペクターの町を父さんは歩く。ちょうど秋晴れの穏やかな一日。見るもの出会う人すべてに父さんはやさしく微笑みかけ、相手のどれも誰もがやさしく父さんに微笑みかえす。両手をうしろに組んで歩きながら、店先でも路地でも気どらずにひょいとのぞきこみ、すでに陽射しがだいぶ気になりはじめている父さんはそこで眼をすがめ、でもおかげでよけい気さくな、繊細な人物に見えて——事実そのとおり、父さんほど見かけ以上に、誰もが思う以上に、気さくで、そして、繊細な人はいない。結果、父さんはこの町に恋をする。驚くほどの素朴さ、飾り気のなさ、挨拶をしたりコークを売ったり、通りがかった涼しげなポーチから手をふり微笑みかけてくる人びとに、父さんは恋をする。

この町を買おう、と父さんは決意する。スペクターには独特の、どんよりとした雰囲気がある、とひとりつぶやく。どこか水中に暮らしているようなところがあって、それが自分はきらいではない、と。スペクターが寂しい町というのは事実で、それはもうずいぶん前からのこと。鉄道が廃線になって以来のこと。あるいは炭坑が閉鎖されて以来。いつのまにか忘れ去られ、世の中から置き去りにされたかに見えるスペクターの町。世間にはもうあまり用のなくなったスペクターだが、住んでいたらすてきだったかもしれないという気がする。ここに招かれていたら。

父さんが惹かれるのはそんなところ。自分の町にしてしまうのは、そんな理由から。

まず最初にスペクターの周囲の土地をぐるりと買い占めて一種の盾とすることから、父さんは始める。誰かほかの金持ちでふと寂しさを覚えた人間が、偶然この町を見つけ、高速道路を通そうだなどと思いたたぬよう。土地の下見さえしない——緑の松林に覆われていることだけは知っていて、父さんの希望はそのままにしておくこと、独自の生態系が保たれるようにすること。というわけで、買う。売りに出ていた小さな土地、何百か所もの土地を、ひとりの男が次々と買っていることを、知る人は誰もいない。同じように、町なかの家や店を一軒、また一軒と、五年だか六年かけて買っている男がいることを知る人はなく、それが誰なのか本人以外には誰にもわからない。という状況が少なくともしばらくのあいだつづく。そこに住む人が出ていくつもりだったり、店をたたむつもりだったりした場合にはなんら問題はないが、いまのままがいい、ここを動きたくないという人もなかにはいて、彼らのもとには一通の手紙が届く。内容は、土地と家合わせてこれこれの値段で買いましょうという高額の提示。立ち退きや賃料その他の要求はいっさいなし。変わることになるのは家々——と店——すべての店——の所有者の名前だけ。

こんなふうに、少しずつ着実な方法で、父さんはスペクターの町を手に入れる。一平方メートルも残すことなく。

この買い物に、とても満足げな父さんの様子が眼に浮かぶ。

というのも、その言葉どおり、なにひとつ変わることのない町に、とつぜんのようにぼくの父さん、エドワード・ブルームのあらわれることが、とつぜんのように当たり前になってしまうからだ。前もって電話することもない。それは思うに、いつまたもどれるか、父さんにさえわからないからで、とにかくある日、人は彼を見かけることになる。畑にひとりぽつんと立っていたり、ポケットに手をつっこんで九丁目通りを歩いていたり。いまでは自分が所有者となった店に立ち寄って、一ドルか二ドルをくずし、よけいな口ははさまず、経営はスペクターの男なり女の人なりにまかせて、父さんはただ老人が孫に話しかけるような柔らかな声で、こうたずねる。**ところで、どうだね、調子は？　奥さんや子供たちは元気かね？**

町を、町の人たちみんなを心から愛していることはまちがいなく、みんなもまた父さんのことが好きで、理由は好きにならずにいられないから。どうしても。これは少なくともぼくの想像だけれど、誰だって、父さんのことは好きにならずにいられないのだ。

ええ、おかげさまで、ブルームさん。順調ですよ。ここひと月ほどはとてもよかったです。帳簿をごらんになりますか？　父さんは、いいや、と首をふる。**心配ないのはわかっている。ただちょっと挨拶に立ち寄っただけでね。そろそろ行かなくては。ではまた。奥さんにどうか**

よろしく伝えてくれたまえ。

　そしてまたスペクター高校の生徒たちが野球の対外試合をしていると、そこにもあらわれる――ひょろりとした細長い黒い影――三つ揃いのスーツに身をつつみ、ひとりスタンドに立って観戦する様子は、誇らしげで、でもどこか冷めていて、成長する息子のぼくに向けられていた眼差しと変わらない。

　スペクターを訪れるたびに、父さんはちがう家に滞在する。いつ、どこの家に泊まることになるかは、誰にもわからない、けれども部屋はいつもどこかに用意されていて、頼めばいいだけ。だから頼むのが常、見知らぬ人への、それが心遣いであるかのように。**どうか、もしご迷惑でなければ。**そして家族と食事をともにし、部屋で休み、翌朝には出発する。ベッドを整える《メーキング》のを忘れたことはない。

「こういう暑い日には、ブルームさん、ソーダがいいでしょう」ある日、アルが声をかける。

「いまソーダをお持ちしますよ、ブルームさん」

「ありがとう、アル」父さんはいう。「いいね、うん。ソーダでももらおうか」

　アルの〈カントリーストア〉の前のベンチにすわって、父さんはぼんやりとする。アルの〈カントリーストア〉――店の名前を見て頬をゆるめ、庇の陰に入って涼もうとする。黒靴の爪先だけがはみだして、眩しい夏の陽射しのなか。アルがソーダを持ってくる。ほかに店にいるのはワイリー。鉛筆の端を嚙みながら、ソーダを飲む父さんを見つめている。ワイリー老人はいっときスペクターの保安官だったことがある。それから牧師だったことも。牧師をやめてからは食料雑貨店経営、でもこのとき、アルの〈カントリーストア〉の前で父さんと話しているこのときは、もうなにもしていない。引退して、ただおしゃべりするだけの毎日。

ワイリーがいう。「ブルームさん、こりゃ前にもいったと思う、前にもいったと思うが、もう一回いわせてください。実にすばらしいことを、あんたはこの町にしてくれた」

父さんは微笑む。

「わたしは別になにもしていないよ、ワイリー」

「そのとおり！」いって、ワイリーは笑う。アルも笑い、父さんも笑う。「それがすばらしいと、みんな思っとるんだ」

「ソーダはどうです、ブルームさん」

「すっとするね」父さんは答える。「すっとして、美味しいよ、ありがとう、アル」

ワイリーは町から少し離れたところに農場を持っている。父さんが最初に手に入れた土地のひとつで、ほかもそうだが、なんの価値もないものを買うのは、父さんにとって生まれて初めてのことだった。

「ワイリーがいったことのくりかえしになりますがね」とアルがいう。「ふらりとやってきて町をそっくり買ってしまうなんて、誰にでもできることじゃないですよ、いくら好きだからといって」

父さんはほとんど眼を閉じていて——じき濃いサングラスなしには外を歩けなくなるだろう。それほど光に敏感になっている。でも町の人たちのこうした言葉は、ありがたい。

「ありがとう、アル」父さんはいう。「スペクターの町を初めて見たとき、手に入れなければ、と思った。なぜかわからないが、とにかくそう思ったんだ。手に入れなければ、と。円の概念と関係があるかもしれないな。円は完全、完璧さの象徴。わたしのような男は一部で我慢することができない。一部がよければ、ぜんぶならもっといい。少なくともスペクターの場合は、そうだった。ぜんぶ手に入れ——」

「でも、ぜんぶじゃない」相変わらず鉛筆を噛みながらワイリーがいう。視線をアルから父さんへと移す。

「ワイリー」アルがたしなめる。

「しようがないだろう、事実なんだから！」ワイリーはいう。「まちがっちゃいない、実際そうなんだから」

父さんはゆっくりとワイリーをふりむく。というのも父さんには特別な才能があって——顔を見れば相手がどういうつもりで話しているのか、正直者か誠実な人間か、いい加減なことをいっていないか、わかるから。超能力みたいなもので、金持ちになれたのも、ひとつにはそのおかげ。

どうやらワイリーは、事実と信じて話しているらしい。

「そんなはずはないがな、ワイリー」父さんはいう。「わたしの知るかぎり、そんなはずはない。歩くなり車を使うなり空から見おろすなりして、隅々にまで足を運んだんだ。ぜんぶ買ったと自信を持っていえる。そっくりまるごと。どこもかしこも。完璧な円だよ」

「なら、いいですよ」とワイリーはいう。「あの掘っ立て小屋のある土地のことは、わしゃ黙っときますから。道が途切れて湖がはじまるまでのあいだの、歩いて行っても車で行っても見つけにくい、空からでもひょっとしたらわからないかもしれない、地図にさえのってないかもしれない、あの土地のことは黙っときますから。誰だか知らないその所有者の持ってる紙に、あんたはまだサインしてないんだってことも、ね、ブルームさん。だって、あんたもアルもそんな場所は存在しないっていうんでしょ。自分でなにをしゃべっとるか、きっとわかってないんだ、わしには。すみませんね、なんでもよくご存じのかたに向かって」

それでもワイリーは隠さず父さんに教える。どう行けばいいのか、途切れたように見える道がどんなふうに実はまだ終わっていなくて、湖のように見える場所がどんなふうに実はまだ湖ではなくて、誰が行っても見つけたと判断するまでが、この奇妙な土地の場合、いかにむずかしいかを。それは沼地。掘っ立て小屋のある沼地。父さんがいわれたとおり車で行き止まりまで行き、おりてみると、木々や蔓や泥や草に覆われて、道はたしかにつづいている。先へとつづいている。自然のなすがまま、埋もれるように——岸よりも高くなりすぎてしまった湖に沈むように。まだ水深の浅いそこに海のような活発な生の営みはない。縁沿いでは泥がかたまり、温まり、生命《いのち》はまだ生まれたばかり。父さんは入っていく。両の靴が沼地にはまる。それでも先へと進む。水が深くなり、ズボンにまで染みて、足がさらに埋もれる。いい気分だ。

父さんは歩きつづける。薄明かりでも見えないことはない。と、ふいに前方に家があらわれる——一軒の家。まっすぐに立っているのが信じられない。どんなに軽かろうが、この柔らかな地面に沈みこまないはずはないのに、現に立っていて、それも小屋ではなく本物の家で、小さいが造りは頑丈そう、しっかりとした四方の壁に支えられ、煙突からは煙が立ちのぼっている。さらに先へ進むと水が引き、地面もかたくなり、道があらわれて、もうそれを辿ればよい。父さんは思う。にやりとしながら。うまいものだ。人生そっくり。最後の最後で道が用意される。ほとんど必要なくなってから。

家の片側には庭があり、反対側には薪が積んである。父さんの背の高さほどにまで。窓辺のプランターには一列に黄色い花。

歩み寄って、父さんは扉を叩く。

「ごめんください！」大声で父さんはいう。「どなたかいらっしゃいますか？」

「はい」若い女の声が答える。

「お邪魔してもいいですか？」

しばらく間があって、それから相手はいう。「マットで足の泥を拭いてください」

父さんはいわれたとおりにする。扉をそっと開け、なかに入って見まわすと、信じられないほどきれいに掃除され、片づいていて――見たこともないほど黒々と淀んだ沼地の真ん中だというのに、そこは清潔で温かな心地よい部屋。父さんはまず暖炉に眼をやり、視線をすばやくほかへと移す。炉額を見ると、青いガラス瓶がふたつずつ並んでいる。壁を見ると、ほとんどなにも飾られていない。

あとは小さなソファ、椅子が二脚、暖炉前には茶色い敷物。

別の部屋へとつづく戸口に、若い女が立っている。長い黒髪をうしろで三つ編みにし、眼は静閑なブルー。年はせいぜい二十歳《はたち》くらい。こんな沼地暮らしでは、いまの自分のように泥だらけにちがいないと思っていたところが、首の片側に黒くひと筋、煤の汚れがついているだけで、肌も平織り綿《キャラコ》のワンピースも清潔そのもの、これ以上白くなりようがないほどに白い。

「エドワード・ブルーム」と彼女はいう。「エド・ブルームさんね、そうでしょう?」

「ええ」父さんは答える。「どうしてそれを?」

「わかるわよ」と彼女はいう。「だって、ほかに誰かいて?」

父さんはうなずき、お邪魔して申し訳ない、ちょっと話があって来たのだ、という。この家——とこの家が立っている土地の持ち主——お父さん、お母さんかな?——とお会いしたいのだが、と。

会っているじゃない、と彼女はいう。

「というと?」

「持ち主はこのわたし」

「きみ?」父さんは聞きかえす。「でも、きみはまだ——」

「おとなの女だわ、もう」彼女はいう。「ほとんどね」

「失礼」父さんはいう。「そういうつもりで——」

「話というのは、ブルームさん」彼女はいう。かすかに笑みを浮かべながら。「なにか話があって、いらしたのでしょう」

「ああ、そう」

というわけで父さんは、できる範囲で説明をする。スペクターを訪れたいきさつ。町に恋をするまで。そっくりそのまま、ただ手に入れたいのだという願望。性格上の欠点と呼ばれてもいい、とにかく手に入れたい、まるごと自分のものにしたいのに、どうもこの土地は見逃していたようだから、もしよければ買わせてもらえないか、なにも変わることはない、ここが好きならずっと住んでいてもらってかまわない、ただスペクターを自分の町と呼びたいのだ、と。

彼女はいう。「つまり、こういうことかしら。あなたはこの沼地をわたしから買う。でもわたしはここに住みつづける。家の所有者はあなただけれど、でもわたしのものであることに変わりはない。わたしはずっとここにいて、あなたは好きなときに行ったり来たりして、それは要するにあなたの性格上の欠点のせい。つまり、そういうこと?」ああ、そういうことだ、長い説明だがひとつもまちがってはいない、と父さんが答えると、彼女はこういう。「なら、お断りするわ、ブルームさん。なにも変わらないというのなら、変えなければいいのよ、みんなだって。これまでずっと変わることなくきたんだから」

「待ってくれ、なにか誤解があるようだ」と父さんはいう。「結局のところ、きみはなにを失うわけでもない。逆にみんなこの話で得をしている。わからないかな。町の人たちに聞いてみてもいい。わたしはこれまで、利益しかもたらしていない。いろんな意味で、わたしがいて、スペクターの人たちは得をしているんだよ」

「それはよかったですこと」彼女はいう。

「どういうことのない話なんだ、実際。考えなおしてくれないか」父さんはもはや度を失う寸前、泣き崩れる一歩手前。「わたしはただ、みんなのためによかれと思って……」

「特に自分の」

「みんなだ」父さんはいう。「自分をふくめた」

彼女は長いこと父さんを見つめ、首を横にふる。静閑とした、揺るぎない青い瞳で。

「わたしには家族はいないの、ブルームさん」彼女はいう。「ずっと前からね」冷たい、意地の悪い眼で父さんを見据えながら。「でもここでうまく暮らしている。わからないことなんて、ひとつもありはしない――驚かれるかもしれないけど。高額の小切手をいただいたからって、なにが変わるわけでもないわ。お金なんて――別に必要じゃない。なにも必要じゃないの、ブルームさん。わたしはね、いまのままで、じゅうぶん幸せ」

「きみ」驚いた顔で父さんはたずねる。「きみの名前は?」

「ジェニー」彼女は答える。いままでとはちがった、やさしい声で。「ジェニー・ヒル」

話の展開はこうだ。父さんはまずスペクターの町に恋をする。そしてジェニー・ヒルにも、恋をする。

恋とは不思議なもの。ジェニー・ヒルのような女性が、なぜとつぜん父さんを一生の相手にと思ってしまうのだろう。父さんのなにがそうさせるのか。伝説にうたわれた魅力？　それともジェニー・ヒルとエドワード・ブルームは結ばれる運命にあったということなのか。父さんは長いあいだ、ジェニー・ヒルは二十年間待ちつづけて、ついに一生の相手を見つけたということなのか。

わからない。

ジェニーを抱きあげて父さんは沼地から連れだし、車に乗せて町へもどる。父さんの運転が時としてほんとうにゆっくりになると、のんびり横を歩きながら話かけたり、今日みたいにスペクターの人びとが歩道に揃い列をなしてなかをのぞきこむことも不可能ではない。珍しくいっしょにいるのは誰かと思えば、それは美しいジェニー・ヒル。

スペクター滞在の当初から、父さんには自分のためにとっておいた家がある。黒い鎧扉のついたその小さな白い家は、公園近くの春のようにすてきな通り沿いに立ち、前庭には柔らかな緑の芝生、片側にはバラ園、反対側には古い納屋をつくりかえた車庫があって、白い杭垣《ピケットフエンス》のてっぺんでは赤い木製の鳥の翼が風を受けてまわっている。玄関ポーチに敷かれた麦藁のマットには「わが家《ホーム》」の文字が編みこんである。

けれども父さんはこれまで一度もそこに泊まったことがない。スペクターに恋をして以来、五年間一度も夜を過ごしたことのないその家は、町でただ一軒の無人の家。沼地からジェニーを連れてくるまでは、誰かの家に泊めてもらうのが当たり前。けれども公園にほど近い柔らかな緑の芝生の広がる小さなその白い家にジェニー・ヒルが移り住んでからは、そこに泊まるようになる。夕闇のなか遠慮がちに扉をノックしてスペクターの誰かを驚かせることは、もうない（「ブルームさんだ！」と子供たちは叫び、長いあいだ行方不明だったおじさんでも迎えるみたいに飛びついて大はしゃぎ）。決まった滞在場所ができたことで、最初はがっかりする人がいたり、世間体がどうのという声が二、三あがらないではないけれども、じきみんなの眼には、愛する町で愛する女性と暮らす父さんの賢さだけが映るようになる。**賢い**——それが出会ったときからの人びとの印象だった。彼は賢くて、やさしくて、いい人。父さんのすることがもし妙に見えたとしたら——沼地へ土地を買いに行って代わりにこの女性を見つけてきたり——それはほかのみんなが父さんほど賢くもやさしくもいい人でもないからという、ただそれだけの話。というわけでジェニー・ヒルのことはじき誰も深く考えなくなる。狭量なものの見方は誰もしなくなって、でも代わりにふと思うのは、いったいどうしているのだろう、エドワードが不在のときには、ということ。それがスペクターで一、二を争う寛大な心の持ち主でさえ認めざるをえないほど、しょっちゅうときている。

みな考える。**寂しくないのだろうか。ひとりでいったいどうしているのだろう。**そんなことを、みな考える。

ジェニーはそれでも、町の生活には溶けこんでいる。学校の行事を手伝ったり、町の主催で毎年秋におこなわれるお祭りでは、歩きかたコンテスト《ケーキウオーク》の担当者となったり。沼地暮らしが長かった彼女に芝や木々の緑を保つのはひとつもむずかしいことではなく、その手にかかれば庭のなにもかもが生い茂るかのよう。とはいえ夜になれば隣人の耳に体の奥深くからむせび泣く声の聞こえることがあって、それが届いたかのごとく、翌日、でなければ翌々日には車をゆっくりと運転しながら、人びとに手をふりながら彼があらわれ、小さな家の前にようやく辿り着くと大きく手をあげて、彼の愛する女性はたとえばポーチに立ってエプロンで手を拭きながら、愛らしい顔に太陽のように大きな笑みを見せ、かすかに首を震わせながら小さな声で**ハロー**という。ひとりにされたことなど、一度もないかのように。

　実は、しばらくたつと、みなそう思うようになる。彼が町はずれの狭い土地何か所かを初めて買ってから何年もたち、よくスペクターを訪れるようになってからさらに何年もたつと、いて当たり前と人びとはほんとうに思うようになる。スペクターで彼を見かけることが、ある日はすばらしいことで、次にはよくあることとなる。町の土地は残らず彼のもので、その隅々にまで彼はひとりで足をのばしている。滞在したことのない家庭はなく、立ち寄ったことのない店もない。人びとの名前、人びとの飼っている犬の名前もすべて覚えていて、子供たちがいくつになったか、忘れてはならない誕生日がいつ来るかも、知っている。もちろん最初はこの子供たち――自然現象のごとく、よくあることとして彼を最初に受け入れるのはしょっちゅうその姿を見て育ったこの子供たちで、それがおとなたちへも広がっていく。いなくなってひと月がたち、ある日またエドワードはあらわれる。ゆっくりと走る懐かしい車――**見ろよ、あれを！　やあ、エドワード！　あとで会おう。ジェニーによろしく。ぜひ店に寄ってくれ。**こんな感じで月日が過ぎるようになり、何年もたって、彼のいることが当たり前、あらわれても驚かなくなると、しまいには留守にしたことなどない、そもそもよそから来たわけではないかのようになる。すばらしいこの小さな町の、幼い男の子や女の子から最年長の老人まで、誰にとっても、エドワード・ブルームはまるでこの町で生まれ、ずっとここに暮らしてきたかのようになる。

スペクターでは、過去に起きたことは、起きなかったことになる。人びとの記憶はまぜこぜになって、忘れるのも思い出すのもまちがったことばかり。あとには作り話しか残らない。結婚などしていないのに、ジェニーは若妻となり、エドワードは出張の多いセールスマンかなにか。人びとはふたりの馴れ初めを想像したがる。もう何年も前に彼が町を通りかかって、彼女を見かけたのが――どこだ――市場で母親といっしょのところ？　**エドワードの眼は彼女に釘付けさ。一日中あとを尾けてまわったそうだよ。**でなければ、その日五セントで車を洗わせてくれと彼に頼んだ女性——だか少女？——が彼女で、以来ほかの男には見向きもせず会う人ごとにこういってまわったんだっけ——**彼はわたしのものよ、二十歳になったら彼と結婚するの、**と。そしていうまでもなく二十歳になったその日、エドワード・ブルームが〈カントリーストア〉の前のポーチでウィラードやワイリーとともに揺り椅子にすわりくつろいでいるところを見つけた彼女は、言葉も交わさぬうちからただ手を差し出すだけでよく、彼はその手をとって、ふたりして歩き去り、次に人びとが見かけたときにはすでに男とその妻、夫と妻として、ふたりが新居に選んだのは、あの公園近くにある庭付きのなにひとつ不自由のない小さな家。あるいは、そう……。

気にするまでもない。中身は聞くたびに変わる。話とはそういうもの。そもそも真実などこれっぽっちも混ざっていないので人びとの記憶は奇妙な色彩を帯び、朝になるとみな声高になって、夜のあいだに思い出したのか、ありもしなかったことがまた話題となり、新たな尾鰭がついて、その日の嘘ができあがる。ある暑い夏の朝ウィラードが——誰が忘れられるものかね——と話しはじめるのはエドワードがまだ十歳の少年だったころ、あの（いまは干上がり、なくなってしまった、見てもそれとはわからない）川があふれそうになり、真っ黒な空からあと一滴でも雨がふれば町は流されてしまうにちがいない、あと一滴でもあの狂った川に注ぎこめばスペクターはなくなってしまうと、町じゅうが怯えた日のこと。誰にとっても忘れられないのは、エドワードが歌いだしたときの様子――あの高く澄んだ声で――歩きはじめ、歌いながら町を出発して――そのあとを雨がついていったときの、あの光景。雨がその後一滴も川に注ぎこまなかったのは、雲が彼についていったおかげ。落ちてくる水を虜にして、あとは太陽が顔をのぞかせ、結局エドワードがもどってきたのは雨をテネシー州近くのどこだかに送り届けてからで、スペクターの町はぶじだった。あのときのことを、誰が忘れられるものかね。

エドワード・ブルームほど動物にやさしい人間がいるかい？ と誰かが話しだす。**いたら、教えてほしいね。会ってみたいもんだ。なぜって、忘れもしない、まだ十いくつのころのことだよ、とにかくエドワードがやさしいものだから動物たちはみんな……。**

エドワードはそういつもスペクターにいるわけではない、もちろん。多くて月に一度、せいぜい二日間くらい。町の新しいお金持ちの地主さんはある日の午後、すでに四十年の人生を経たある日の午後、壊れた車でやってきた、それが実のところであるにもかかわらず、町の人びとがすることは昔とちっとも変わりなくて――話を勝手に作りあげ――いまや他愛のない釣りや魚のほら話には見向きもせず、スペクターに一度も住んだこともないエドワード・ブルームの人生の話に夢中、それは彼らの憧れの人生であり、しまいには彼らの心のなかに、エドワードは暮らすようになる。エドワード・ブルームによって人びとはつくりかえられ、人びとによってエドワード・ブルームはつくりかえられたことになる。

なかなかいい考えだ、とエドワード自身は思っているらしい。

つまりは、気にもしていなかったようだということ。

でもそれはまた別の話。ここではジェニーは、そう幸せにはなれない。無理もないこと、ではないだろうか。沼地から町へやってきたばかりの若い女性、美しい、世にも美しい彼女が長いあいだ、たったのひとりきり。暗い悲しみのうちにその若さを費やさねばならないとは！彼女はエドワード・ブルームを愛していて——でも誰がそれを責められるだろう。誰にとっても、彼は愛さずにはいられない人間。そして、そのエドワードしか彼女の心を開くことはできず、鍵を手にしたまま、彼はいつも家を留守にする。

ジェニーには少し妙なところがある、とみな気づきはじめる。いまでは昼も夜も窓辺にすわり外を見つめ、人びとが通りかかり手をふっても、見えないらしい。彼女が見つめているのはどこか遠く。その眼が光っている。瞬きをしていない。それに今回のエドワードの留守は、いつにもまして長い。人びとが寂しがっていることはいうまでもないが、なかでもジェニーは特別。いちばん辛いのはジェニーで、それが妙なかたちであらわれている。

これはエドワードが彼女を連れてきたときに、誰か口にしたことかもしれないが、ちょっとふつうではない。ジェニー・ヒルのことも彼女の家族のことも、知っている人は町に誰ひとりとしていない様子だったではないか。ひとりとして。あの沼地に二十年間も住んでいながら、誰も彼女を知らない。そんなことがありうるだろうか。

いや、あるはずがない。でもたぶん、エドワードには誰もそれをいわなかった。まずいと思ったから。あまりに彼が幸せそうだったから。彼女もすてきな娘に見えたし。実際そうだったし。

でもいまはちがう。はめ殺しの窓から冷たい眼差しをじっと外に向けるだけのジェニー・ヒルを、誰も**すてきな**娘だとは思わない。**すてきとはとても呼べない雰囲気の女がいる、**と人びとは思う。両の眼が光っている。錯覚などではなくて、ほんとうに。夜、家のそばを通りかかった人はみな、まちがいないという。窓にかすかな黄色い光が見える。ふたつ。彼女の眼だ、眼が光っているんだよ、と。それがなにやら恐ろしい。

いうまでもなく、庭はみるみるだめになる。雑草や蔓草の勢いが勝って、バラ園のバラは一本残らず枯れてしまう。前庭の草花ものび放題、それ自身の重みで垂れさがる。隣人が見かねて手伝おうとするが、出ていって家の扉を叩いても、返事はない。

そして起きることが、みなあっという間なので誰もなにもできず、人びとは呆然として、絶望にとらわれた小さな白い家を見つめるしかない。数日のあいだに蔓草が片側から反対側へとのびて、しまいには全体を覆い尽くし、そこに家があることすら、わからなくなる。

そして雨がふりだす。来る日も来る日もふりつづける。湖面が上昇し、ダムがあふれ、ジェニーの家のまわりは水浸しになる。そここにできた小さな水たまりが小さい同士で集まり、広がり、しまいには家をとりかこむ。その水が通りへとあふれ、隣家の扉口にも押し寄せる。ヘビが這い進むように水は流れて、見つけた大きな水たまりをさらに大きくし、根の浅い木々はこらえきれずに倒れ、倒木のうえではカメが微動だにせず、幹にはびっしりと苔が生える。見たこともない鳥が飛来してジェニーの家の煙突に巣をかけ、夜には奇妙な生き物の啼き声が暗く鬱蒼としたその場所から響いて、町の人びとは誰もみな、ベッドで震えあがらずにいられない。

沼地の成長はある日とまる。家の四方が黒く淀んだ、苔むしたような水たまりだらけになったところで。そこへ父さんが帰ってくる。やっと帰ってきて、起きたことを眼のあたりにするが、もはや沼地は深く家も遠すぎて、彼女の放つ光は見えども、手は届かない。だからぼくたちのもとへ帰ってくるしかない。さまよえるヒーローの帰還、最後にはかならずぼくたちのところへもどってくる。けれども仕事で出かける先はいつもそこ、いまだにその場所で、ただ呼びかけても彼女からの返事はない。彼女はもう遠い存在。だからいつも帰ってきた父さんは悲しげで疲れた顔をしている。だから口数も少ないのだ。

結末

最後は驚かされるのが当たり前。ぼくですら、驚かずにいられなかった。

キッチンでピーナツバターとジャムのサンドイッチをつくっているときのことだった。母さんは窓枠のてっぺんの埃を掃除していて——踏み台に足をかけてのぞかなければぜったいに見えない埃——それを母さんは拭いていて、そう、たしか、そんな見えない場所の埃の掃除にいっときでも費やさなければならないなんて、なんて寂しいひどい人生を母さんは送っているのだろうと思っていたときのことだった、父さんが入ってきたのは。時刻は午後の四時ごろ。変だな、と思ったのは、陽の高いうちに父さんの姿を見るなんて、いったいいつ以来のことか思い出すことすらできなかったからで、でもよく見れば理由は明らかだった——具合がよくないらしい。ひどく悪そう、というべきか。食堂のテーブルになにかを置くと、父さんはキッチンへ入ってきた。磨いたばかりの床にかたい靴底をこつこつと響かせながら。足音に気づいて——父さんがキッチンに足を踏み入れると同時に——母さんもそっと踏み台をおり、使っていた雑巾をカウンターのパン籠の横に置いて、父さんをふりむいたときの、その表情を、ぼくは絶望という言葉でしかいいあらわすことができない。父さんがいおうとしていること、なにを話そうとしているか、母さんは承知のうえだった。すべて承知のうえだった。というのも、父さんはすでにありとあらゆる検査を受けていて——生検まで受けていて——それがどういう類のものかを考えたときに両親が感じたのは、たしかなことがわかるまで、ぼくには知らせないほうがいいだろうということ。その結果判明の日が今日だった。だから母さんは窓枠のてっぺんの埃を拭いていた。今日結果が出るとわかっていて、そのことを考えたくなかったから。ただ椅子にすわって、なにを知らされることになるのだろうと、そればかり考えていたくなかったから。

そして、知ったのだった。

「どこもかしこもだよ」父さんはいった。それだけ。**どこもかしこもだよ、**とだけいうと父さんは立ち去り、母さんは慌ててそのあとを追い、残されたぼくはどこもかしこもってなんだろう、と思った。神の遍在じゃあるまいし、なにをふたりは動揺しているのだろうと。でも、いつまでも悩んでいたわけではない。

考えればわかることだった、両親に告げられるまでもなく。

それでも、父さんは死ななかった。すぐには。死ぬ代わりに、泳ぐようになった。わが家にはずっと以前からプールがあって、これまでまったく見向きもしなかったのが、いつも家にいるようになって運動が必要になった父さんは、そのプールに夢中になり、まるで水のなかで生まれたかのよう、まさに水の申し子となった。父さんの泳ぐ姿は美しかった。少しも波立たせることなく水を切って泳いだ。ひょろりとしたピンク色の体は切り傷や擦り傷や痣だらけだったけれども、青い光の反射に、揺らめいて見えた。前で弧を描く両腕には心がこもっていて、かくというより水を愛撫しているかのよう。両脚はうしろでカエルのそれのように規則正しく動き、頭が水面を割って軽く上下するさまはキスさながらだった。それが何時間もつづいた。水につかりっぱなしで皮膚はふやけ、しわが寄って真っ白になった。あるときこの皮膚を少しずつ剝がしているところを、ぼくは見たことがある。ゆっくりと、一枚ずつ、脱皮してゆくところを。泳いでいなければ、眠る毎日だった。眠らずに宙を見つめている姿を見かけることもあった。秘密の誰かと語り合っているのか。見守っているうちに、日ごとに、その存在がますますわからなくなり、ぼくにとってわからないだけでなく、この場所このときとも、無縁に感じられるようになった。落ちくぼんで、輝きも情熱も失せてしまった両の眼。小さく萎れてしまった体。ほかの誰にも聞こえない声に耳をかたむけているかのような、その姿。

ぼくの慰めは、そうしたことにはみなそれなりの意味があり、最後にはきっとどこかから幸せが訪れるはず、と思えることだった。この病気もまたなにかのあらわれで、つまりは父さんがこの世界に飽きてしまった証拠。いまいる世界はあまりにつまらない。大男もいなければ、すべてを見通せるガラスの眼もないし、命を助けたお礼にとふたたびあらわれて自分を救ってくれる川の少女もいない。いまの父さんはエドワード・ブルーム、ただの人。ぼくは人生でも不運な時期の父さんを眼にしている。そしてそれは父さん自身のせいではなかった。単に世界が魔法の世界ではなくなって、父さんが思いきり活躍できないというだけの話だった。

病気はもっとすばらしい世界へ旅立つための大事な切符。

そうにちがいなかった。

それにしてもこれは――この最後の旅は――これ以上望むべくもないことだった。最高とまではいえないにしても、いろいろな意味でよい機会だったことはまちがいない。毎晩ぼくはかならず父さんと顔を合わせることができた――元気だったときはそんなに会えなかったのに。いつ会っても、父さんは同じ父さんだった。ユーモアのセンス健在。どうしてそれが大事に思えるのかわからない。でも大事なことだった。まだまだ力のある証拠、目的意識、不屈の意志と精神力が失われていない証拠と、ある意味ではいえるからかもしれない。

ある男とバッタ《グラスホッパー》の会話。男がいった。「知ってるかい、きみにちなんで名付けられたカクテルがあるんだよ」バッタ《グラスホッパー》は聞きかえした。「へえ、カクテルで？　名前がぼくと同じハワー、ド?」

もうひとつ。ある男がレストランに入って、クリーム抜きのコーヒーを注文した。数分後、ウエイターはもどってきてこういった。申し訳ありません、クリームはあいにく切らしておりまして、ミルク抜きのコーヒーしかお出しできないのですが。

でも、どれももうあまりおかしくはなかった。ぼくたちはただ最後の日を待っているだけだった。使い古しのジョークを口にしながら、その日が来るのを待つだけ。日ごとに父さんは元気をなくしていった。ときにはジョークの途中でいおうとしていたことを忘れたり、オチをまちがえたり。最高のオチ——でもそれは、別のジョークのオチだった。

プールの状態も悪くなりはじめた。きちんと管理できていたのは最初のうちだけ。父さんの最期のことで頭がいっぱいで、みなそこまでする気になれなかった。掃除せず水をきれいにする薬品も入れなかったので、壁には藻が生え、水は濁って濃い緑色に変わった。でも最後まで父さんは泳ぎつづけた。プールというより池のようになってからも、泳ぐのをやめなかった。ある日、様子を見に行くと魚が一匹——コクチクロマスだと思う——水面を割ってハエを捕ろうとしているのが見えた。まちがいなく、それは魚だった。

「父さん?」ぼくは声をかけた。「ねえ、いまの見た?」

水かきの手をとめて、父さんは浮いていた。

「ねえ、いまの魚見た、父さん」

ぼくは笑いだした。父さんが――ジョーク好き、永遠の喜劇役者である父さんの恰好がおかしかったからだ。嘘じゃない。ほんとうにそれが、そのときの父さんを見て思ったことだった。おかしい。もちろん、父さんは水かきの手をとめて浮いていたわけではない。気を失い、肺にまで水が入りこんだ状態だった。その体をぼくは引きあげ、救急車を呼んだ。胃のあたりを押すと、水道の栓をひねったみたいに口から水があふれ出した。眼を開けてウィンクしてくれないかとぼくは思った。笑いだして、この現実の出来事をそうではないなにか、ばかみたいでおかしくて、あとで思いかえせば笑わずにいられない話のひとつに変えてくれないかと。手を握って、ぼくは待った。

長いこと待った。

父の死——撮影《テイク》4《フォー》

というわけで最後はだいたい次のような感じ。前にも聞いたことがあれば、いってほしい。

父は死にかけていた。ジェファーソン記念病院の酸素テントのなかで、小さくやつれた体は冷たく透きとおり、すでに幽霊になったかのようだった。付き添いは母もいっしょだったが、医者に話を聞きに行ったり、背中が痛いから少し歩いてくるといって席を立つことが多く、そのあいだ、ぼくはひとりでときどき手を握りながら待つしかなかった。

医師たちは——誰かが「チーム」と呼ぶほどたくさんいる医師たちの表情は、一様にとても厳しかった。絶望的でさえあった。ノウルズ先生、ミルハウザー先生、ヴィンセッティ先生。誰もが、その分野の有名な専門家だった。父の体の各部位に専門医たちはそれぞれ眼を光らせ、なにかわかれば報告を受けるのは、ぼくたちの昔からのかかりつけの医師であるベネット先生——各分野に精通するベネット先生がチームの指揮官だった。そのときどきの報告内容をまとめ、抜けている部分があれば補ったうえでの全体像を、ベネット先生はぼくたちに示してくれた。はるか昔に学校へ行って習った医学用語をわざわざ使って、説明してくれることもあった。

たとえば腎不全、慢性の溶血性貧血、といった言葉を。この後者、貧血が特に体を衰弱させることになると先生はいった。よけいな鉄分が体にたまっている状態で定期的に輸血をせねばならなくなり、赤血球が壊れてできた物質の吸収が不完全となって、黄疸が起きる。光にも恐ろしく敏感になる。昏睡状態にあるにもかかわらず病室の照明がいつもかなり落としてあるのは、そのためだった。万が一にでも昏睡状態から脱した場合に眩しさがショックで父の息がとまることのないよう。

ベネット先生は老いて疲れた顔をしていた。眼の下の隈は、車に轢かれて道路に横たわる焦げ茶色のネズミさながらだった。先生は昔からのわが家のかかりつけの医者――もうどれくらい前からかわからない。でも、いい先生だった。ぼくたちはみな信頼していた。

「いいかね」その晩ぼくの肩に手を置いて、先生はいった。病状の悪化をともに見守り、友情がますます深まりつつあるなかで、「率直に話したい、いまとなっては」

ぼくを見て、母を見て、少し間をおき、いま一度考えてから先生はいった。

「これでもう最後かもしれない」

母とぼくは、ほぼ同時に答えた。「そうですか」

先生はいった。「まだ二つばかり試したいとは思っている。あきらめたわけではない、われわれも。あきらめるなんて、とんでもない。しかし過去の例からいくと……。悲しいことだが。

エドワード・ブルームと知り合って、四半世紀。自分でも医者という感じがしない。友人のような気が……わかるだろう？　友人として、なにかできたらと。だが、こうした機械なしには……」悲しげに首を一度ふり、口をつぐんで、最後の言葉は胸にしまいこんだまま、ベネット先生はそれ以上いおうとしなかった。

踵をかえしてぼくはその場を離れたが、先生はまだ母を相手に話しつづけていた。病室へ向かい、ベッドの横の椅子にぼくは腰をおろした。そこにすわって待ちながら――なにを、と聞かれてもわからない――いくつも並んだ最新の医療機器を見つめた。眼の前にあるのは、もちろん、生命《いのち》ではなかった。生命維持装置。医学界が煉獄の代わりにつくりだしたもの。モニターを見れば父の呼吸回数は一目瞭然だった。規則性を失った心臓の動きも常に把握することができた。ほかにも波線や数字がいくつか表示されていて、なにを意味するものなのか皆目見当もつかなかったけれど、それもいっしょにぼくは眼で追った。気がついてみると、ぼくが見守っているのは機械で、父ではなかった。機械が父になり代わっていた。機械が父に代わって、ぼくに語りかけていた。

それで思い出したジョーク。父のジョークをぼくは永遠に忘れないだろう。特に、このジョークは。わが家の家宝といってもいい。いまでも、ひとり大声で、口に出していうことがある。父の語り口や仕草をまねて、いうのだ、ここに男がひとり、と。ここに男がひとり、これが貧乏なかわいそうな男で、でも新しいスーツが入り用。新しいスーツが入り用なのだが、貧乏だから買えない。それがあるとき、ある店の前を通りかかると、特売品のスーツが飾ってある。ちょうど手頃な値段で、仕立てのいい濃紺のピンストライプのスーツ——男はこれを買う。よし、とその場で買って、ネクタイからなにからみなそれに合わせて、着て、店を出る。これの、さてどこがおかしいかというと——たぶん、もっと前にこれは説明しておくべきなのかな——どこがおかしいかというと、サイズが合わない。男の体にまるで合わないのだ。要するに、だぶだぶ。でもこれはもう彼のスーツ、ですよね？　そう、彼のスーツなのだから、恰好よく見せなくてはならない。というわけで男は片方の肘を脇にこんなふうにくっつけ、もう一方の腕はこんな感じにのばし、歩くときも片脚はまったく動かさず、ズボンの折り返しが左右そろって見えるよう気をつけながら、小さい体にだぶだぶのスーツで——さっきもいったとおり、買ったそれを着て、店を出て、通りを歩きはじめる。そしてひとりこう思う——**なんてすてきなスーツ！**　そう思いながらも両腕はこんな感じ——と父はその恰好を実演してみせるわけだ——さらには片脚をひきずりながら、いい買い物をした、スーツ！　特売品のスーツ！　とばかみたいににやにやしていると、前から老婦人がふたり歩いてくる。すれちがいざま、老婦人のひとりはかぶりをふって、連れにこう耳打ちする。「まあ、かわいそうな人！」相手の老婦人はいう。「だけど——スーツがすてき！」

というのがこのジョークのオチ。

けれども、ぼくは父のようには語れない。父のようにうまく足をひきずることができないし、それに、これまで聞いたなかで最高、ぼくにとってはおかしくてしかたないジョークのはずなのに、いまは笑えない。笑うことができない。最後の老婦人のひとこと、「だけど——スーツがすてき！」というところまで来ても、笑っていない。ぜんぜん笑ってなどいない。

逆のことをしている。

それで、父は眼を覚ましたのだと思う。ちょっとだけこの世にもどってきたのだと思う。いまのぼくにこそ、ジョークが必要だ、と考えて。

まったく、父にはどれだけ大笑いさせられたことか。

ぼくは父の顔を見る。父もぼくを見る。

「水」と父はいう。「水を」

水を、といってる！

ああ、まちがいない、父の声だ、深みのある、よく響く、やさしい、父の声。母さんが、驚くぞ——でもまだ外で先生と話している。水を汲んでくると、父はぼくを、ひとり息子、たったひとりの子供であるぼくを呼び寄せ、ベッドの端を軽く手で叩いて、すわれと、いうことだね？　そこにぼくはすわる。やあ、とか、元気？　とか、そんなやりとりをしている余裕がないのは、お互いわかっている。眼を覚ました父が椅子にすわっているぼくに気づき、ベッドの端を叩いて、ここにすわれと合図する。ぼくがすわると、小さなプラスチックのコップの水をすすってから、こういう。「おい」と父はいう。「心配だな」と。

その声がほんとうにかすかな震え声なので、理由はわからない、わからないけれども、こうした装置はもう関係ない、これが最後、父と会うのはこれが最後なのだ、とぼくは直感する。明日にはもういないのだ、と。

ぼくはいう。「なにが心配なの、父さん。向こうの世界?」

父はいう。「ちがう、ばかもん。おまえのことだ」という。「間が抜けている。手を貸してやらなければ、警察にとっ捕まることだってできやせん」

それを、ぼくは真に受けたりはしない――冗談でいっているのだ。親分が手下を叱りつけるまね。笑わそうとしているのはわかるのだが、それがちっともおかしくない! やはり父はもうおしまいなのだ。

ぼくはいう。「心配しないで、父さん。ぼくならだいじょうぶ。ちゃんとやっていくから」

父はいう。「父親だからな。しかたない。心配なのは。父親だ」ぼくが誤解しないよう、父はくりかえす。「そう、父親として、なにか教えようと心がけてきたつもりだが……嘘ではない。あまりそばにいてやれなかったかもしれんが、いるときは、教えようと努力した。そこで、ひとつ知りたいんだが――うまくいったんだろうか、どう思う」ぼくが口を開きかけたとたん、父はいう。「待て！　なにもいうな！」そして、笑顔を見せようとする、どうにか。でも、できない。父はもう笑顔を見せることができない。代わりに、こういう。父はぼくに向かって――死の床から、このひとりの男――父さんは、ぼくに向かっていう。「いや、かまわんから、さあ、教えてくれ、死ぬ前に。父さんからなにを教わったか。人生について、わたしがおまえに教えたことはなにか。このまま安心して死ねるよう、なにも心配しなくていいよう。いいから……いってみてくれ、さあ」

死にかけている父の、青みがかったその灰色の眼を、ぼくはのぞきこむ。見つめ合い、見せ合う最後の表情、それが永遠の世界で思い出すことになるお互いの顔。もっと父のことをよく知っていたら、人生をもっといっしょに過ごせていたなら、自分の父親なのに、どうしてこんな完璧な、どうしようもない謎の人物なのだ、とぼくは心のなかで叫びながら、「**ここに男がひとり**」と語りはじめる。「**ここに男がひとり、これが貧乏なかわいそうな男で、でも新しいスーツが入り用、新しいスーツが――**」

ビッグフィッシュ

父さんはにやりとした。病室内をすばやく見まわし、それからウィンクをした。ウィンクを！


「逃げよう」しわがれた声でささやくように、父さんはいった。

「逃げる？」驚いてぼくは聞きかえした。「だって父さん、そんな体じゃ――」

「トイレに折りたたみ式の車椅子がある。毛布で体をくるんでくれ。そこの廊下さえ抜ければ、あとは安心だ。ただし時間がない、急げ、ウィリアム！」


ぼくはいわれたとおりにした。どうしてか、わからない。トイレに入ると父さんの言葉どおりだった。ドアの陰に車椅子がベビーカーのようにたたんで置いてあった。それを開いて病室のベッドの横まで押していき、水色の毛布で、ぼくは父さんをくるんだ。僧衣みたいに頭からすっぽりと。そして抱きあげ、あまりの軽さにたじろぎながらも、車椅子に乗せた。この数か月でぼくが力持ちになったわけではない。驚くほど父さんは小さくなっていた。

「さあ行け！」父さんがいう。

病室のドアを開けてぼくは廊下の様子をうかがった。ナースセンターの前で母さんはベネット先生の話を聞きながら、ティッシュで涙をぬぐい、うなずいていた。逆方向へと、ぼくは父さんの車椅子を押して出た。母さんたちがこちらに眼を向けたかどうか、ふりかえってたしかめることはしなかった。ただ車椅子を押し、うまく行くようにと願いつつ角まで急いで、曲がった。曲がって初めて、ぼくは背後をふりむいた。

誰もいない。

いまのところ順調。

「で、どこへ行くの?」声をひそめて、ぼくは聞いた。

「エレベーターだ」父さんの声は毛布の下から少しくぐもって聞こえた。「エレベーターでロビーへおりて、そこから車のあるところへ。駐車場か?」

「うん」

「そこへ連れていってくれ」父さんはいった。「**急げ**。時間がない」

エレベーターが来たので車椅子を乗せた。背後で扉が閉まり、ふたたび開くやいなや脇目もふらずに車椅子を引いており、緑と白のガウンを身にまとった医者の一団の横をすりぬけると、その先にカルテを手にした看護婦たちがいて、最初はちらとだけこちらに向けられた眼が、いまや丸くなっている。ロビーの誰もが足をとめ、眼をみはっていた。様子が変だと気づいたはいいが、猛スピードで走り抜けるぼくたちをとめようと思う間は誰にもなかった。なんだか妙なものでも眼にしたみたいに、ただ見とれるだけで――そのとおり、こんな妙なものは見たことないにちがいない。そして気づいたときにはもうその姿はなく、駐車場に向かって、ぼくたちは冷たい春風のなかへと飛びだしていた。

「よくやった」父さんがいった。

「ありがとう」

「だがまだゆっくりはできんぞ、ウィリアム。水がほしい。水がほしくてたまらん」

「車にあるよ」ぼくはいった。「魔法瓶にいっぱい」

「足りないな」いって、父さんは笑った。

「いくらでも手に入れるから」

「ああ、わかっている」父さんはいった。「できるとも、おまえなら」

車の横まで来ると、ぼくは父さんを抱きあげて助手席に乗せた。車椅子はたたんで、後部座席に放りこんだ。

「そいつはもう必要ないだろう」

「いらないの？」

「めざす場所では」つづいて、また笑い声が聞こえた気がした。

けれども、それがどこなのか、父さんは最初いおうとしなかった。自分が知っているなにもかもとは反対の方向へ、ぼくはただ車を走らせた。病院やら、父さんの会社やら、家とは正反対の方向へ。指示を求めてふりむいても、父さんは無言で毛布にくるまったままだった。

「水は、ウィリアム」しばらくして父さんがいった。

「あるよ、ここに」

魔法瓶は運転席の横に置いてあった。蓋を開けて、渡した。毛布の下からかさついた腕が一本、震えながらのびてきて、受けとった。飲む代わりに、父さんは水を体にかけた。毛布がびしょ濡れになった。

「ああ」父さんはいった。「これでいい」

でも、まだ毛布はとろうとしない。

「ハイウェイ1を北へ」父さんはいった。必死で耳をかたむけなければならなかった。声は毛布のせいでくぐもり、どこか遠くから聞こえているような気がした。

「ハイウェイ1を北だね」

「ある場所が——そこに。川が流れている。川のそばだ」

「**エドワードの森**か」ぼくはつぶやいた。

「なに?」

「ううん、なんでもない」

通りを何本か辿って街を抜け、郊外へ出ると、家々の屋根や木々に陽光がきらめき、それが深い美しい緑の広がる田園風景にとって変わった。気づくと、ぼくたちはそのなかにいた――木立ちや農場、牛、真っ青な空、雲が心地よさそうに浮かび、鳥が飛ぶ空。以前に一度、通った覚えがあった。

「あとどれくらい？」

「三キロほどだ、たぶん」父さんは答えた。「願わくは。調子があまりよくない」

「どうかした？」返事はなく、濡れた毛布が小刻みに震えて、うがいをするような、呻くような声が聞こえただけだった。ひどい痛みがあるような。

「だいじょうぶ？」

「最高」父さんは答えた。「気分はあの男……」

頭にカエルをのせ、肩には鳥、横にはカンガルーを連れてバーに入り、男はバーテンダーにこういわれる。「驚いたな、カンガルーの客ってのも珍しいよ」するとカンガルーがいいかえす。「だろうね、こんな高い酒ばかりじゃ、みんな来ないよ」

父さんがいきなり、叫ぶようにいった。「ここだ！」

ハンドルを切って、道路をおりた。

そこはぼくの知るかぎり**エドワードの森**ではなかったけれども、わからない、たしかなことは。懐かしい古いオークの木が黒い苔まじりの地面に大きく根を広げていた。シャクナゲも咲いていた。ウサギもちゃんといて、のんびりと跳ねまわりながら、ふりむいてこちらの様子をうかがっていた。そして、川、いまどき信じられないような清らかな流れが、小型車ほどもありそうな大岩をまわりこんで小さな急流をつくり、空気のように澄み切った水が、空のように青く、雲のように白くきらめいていた。

　毛布の下から、どうしてこれが見えたのだろう。

「運んでくれ」父さんはいった。そう聞こえた気がした。小さく、か細くなった声を、ぼくはいまやぼくなりに解釈して聞いていた。父さんはいった。**運んでくれ。おまえにはいくら感謝してもし足りないくらいだ。母さんに会ったら、伝えてほしい、わたしがさよならをいっていた、と。**ぼくは父さんを車からおろし、苔に覆われた土手を横切って、川の前に立った。父さんを抱いたまま。どうすべきか、わかってはいたけれども、できなかった。ただそこに立って、父さんの体を毛布にくるんだまま、抱いて、ただそうしていると、父さんがいった。**向こうを向いていていてくれないか。**つづけてひとこと、**頼む。**と、いきなり腕のなかに生命《いのち》がみなぎり、飛び跳ね、弾けんばかりのそれを、ぼくは抱えていることができなくなった、抱えたくても——抱えていたかったのだけれども。そして気づくと腕のなかには毛布だけ、父さんはすでに川に飛びこんでいた。死にかけていたわけではないことを知ったのは、そのときだった。父さんは変わろうとしていた。自分の生命を継いで生きつづける別の新しい別のなにかに、ただ変わろうとしていた。

これまでずっと父さんは魚になろうとしていたのだ。

すばやく泳ぎまわるその姿が見えた。銀色に輝く生命は、やがて黒々とした大魚《ビッグフイッシュ》の深みへと消え、以来ぼくは、一度もその姿を眼にしていない。でも見かけた人はいくらでもいる。話はすでにたくさん聞いている。命を助けてもらった、願いごとをかなえてもらった、子供を背にのせてどこまでも運んだ、釣り人がいたずらで船から落とされた、ボーフォート海やハイアニスポートに投げこまれた——それが見たこともないほど大きな魚のおかげ、稀に見る巨大魚の仕業だったんだ、とみな誰かをつかまえては語らずにいられない。

でも人はそんな話、信じない。ひとことも、信じない。

訳者あとがき

初めて読み終えたとき（一気にである、もちろん）ふうっと息をついたのを覚えている。

そして浮かんだのは、「思い」という言葉だった。あまりに忙しい、めまぐるしく変化するばかりの現実と、実は隣り合わせにあるのに忘れがちな、おろそかにしがちな、もうひとつの目には見えない世界。人ひとりひとりの心のなかにある、「思い」だけが生みだすことのできるその世界のすばらしさ、大切さ、そしてなによりも力強さを短いなかに秘めた、とてもいい本だと思う。「ものがたり」なんて、とその魅力を忘れかけている人がいたら、ぜひ読んでみてほしい。愛すべき一冊である。

原題はBIG FISH - A Novel of Mythic Proportions――副題を直訳するなら「神話のように壮大なスケールの小説」ということになるだろうか。「神話」に以前から興味があったと著者ウォレスはいう。「大昔から、よくわからないものに出会うと、人はそれを物語にしてきた……理屈では理解できないものを、心でつかむための、物語はひとつの方法なのだと思う」と。

そして書きあげたこの作品は、父と息子の物語。死にゆく父、仕事一筋で留守がちで、不可解な存在でしかなかったその父親を、最後にどうにか少しでも理解しようと息子は語りはじめるのだが——これがシリアスな独白ではない、父親から聞いたほら話やジョーク、おとぎ話のような冒険談の数々。合間にくりかえされるのは「別れの場面」のシミュレーション。可笑しくて悲しくて、切なくて愉快。そうした要素が溶け合って、理屈では説明できないなにかが、たしかに、読み終えたあとに大きくふわりと広がってゆく感じがする。

いっぷう変わったこの構成は、しかしながら、最初から意図したものではなかったらしい。著者ウォレスは若いころから作家志望。雑誌に短編を発表しているうちに本書の版元であるアルゴンキン・ブックスの編集者の目にとまり、一九九八年にこの初めての小説を上梓——という具合に本人も認めるところの理想的な小説家デビューとなったわけだが、生業はイラストレーター。おまけに五歳の息子をひとりで育てているため、まとまった執筆時間がとれない。そこで無理せず、書くことを楽しむべく、

「書けるときに、書けるものだけを書いた」結果、生まれたのが、このささやかな小説なのだとか。

『ニューヨーク・タイムズ』紙の書評にもとりあげられ、すでにアメリカでは多くの読者の心をつかんでいる。訳すのが楽しかった。河出書房新社編集部の田中優子さんに感謝したい。釣りあげましたね、みごとな大物《ビッグフィッシュ》ですよ、これは。

二〇〇〇年一月

小梨　直

著者紹介

ダニエル・ウォレス（Daniel Wallace）
1959年アラバマ州バーミンガム生まれ。ノースカロライナ州チャペル・ヒル在住。イラストレーターとして活躍しながら*Story, Glimmer Train, Praire Schooner* など数多くの雑誌に短篇を発表している。『ビッグフィッシュ』は初めての小説。

訳者紹介

小梨　直（こなし・なお）
翻訳家。訳書に『南仏プロヴァンスの木陰から』『ゾウがすすり泣くとき』『不思議な文通』（小社刊）ほか多数。

ビッグフィッシュ
父と息子のものがたり

著者　ダニエル・ウォレス
訳者　小梨　直

初版発行　2000年2月25日
3刷発行　2004年6月30日

発行者　若森繁男

発行所　株式会社 河出書房新社
東京都渋谷区千駄ヶ谷2-32-2　郵便番号151-0051
電話(03)3404-8611(編集)　3404-1201(営業)
http://www.kawade.co.jp/

装幀　渋川育由

印刷　暁印刷
製本　小高製本工業株式会社
組版　さんごどう

ISBN4-309-20335-3

南仏プロヴァンスの12か月

P・メイル
池 央耿／訳

オリーヴが繁りラヴェンダーが薫る豊かな自然、多彩な料理とワインに恵まれた食文化、素朴で個性的な人々との交流。ロンドンを引払い南仏に移り住んだ元広告マンが綴る珠玉のエッセイ。

南仏プロヴァンスの木陰から

P・メイル
小梨 直／訳

ベストセラー「南仏プロヴァンスの12か月」の続編。本当の豊かな生活を南仏に見いだした著者がふたたび綴った、美味なる〝プロヴァンスの物語〟。BBCがドラマ化。NHKが放送！

贅沢の探求

P・メイル
小梨 直／訳

人生を楽しく生きがいのあるものにする、ちょっとした贅沢な趣味についての研究。大ベストセラー「南仏プロヴァンスの12か月」につづくピーター・メイルの待望のエッセイ集。

ホテル・パスティス 上・下

P・メイル
池 央耿／訳

誰もが人生を変えたいという夢をもつ！ ロンドンを逃れ、プロヴァンスで小さなホテルを仲間とつくりあげる人間ドラマをヴィヴィッドに描いた、ピーター・メイルの初の長編小説。

愛犬ボーイの生活と意見

P・メイル
池 央耿／訳

美食を愛し、色を好むラテン気質の愛犬ボーイは、また何時間でも蟻を眺めて過ごすデカルト流の内省的な性格をもつ。彼の目にうつった〝人間、この不可思議なるもの〟の物語。図版入り。

南仏のトリュフをめぐる大冒険

P・メイル
池　央耿／訳

〝南仏の黒いダイヤ〟の人工栽培の秘宝をめぐる物語。プロヴァンス、リヴィエラ、モナコを舞台にくりひろげられる、贅沢で上品な快楽主義にあふれたベストセラー。映画化決定。

セザンヌを探せ

P・メイル
池　央耿／訳

ニューヨークの敏腕女性編集長から頼まれてカメラマンのアンドレはリヴィエラの豪邸に向かう。偶然そこで目撃したのは密かに運び出されるセザンヌの絵だった。英米で大ベストセラー。

ぼくはどこからきたの？

P・メイル
谷川俊太郎／訳

あるがままの、いのちのはなし。ごまかしなし、さしえつき。スポック博士がすすめる、性教育絵本の傑作。率直で、ユーモラスで、いきいきと人間的な本書は、世界的なベストセラーである。

南仏プロヴァンスの風景

P・メイル
M・ロクストン絵
池　央耿／訳

「南仏プロヴァンスの12か月」「南仏プロヴァンスの木陰から」で世界中の人気をさらったピーター・メイルと異色の画家ロクストンとの出会いから生まれた素敵な画文集。

南仏プロヴァンスの食卓

L・フォーブズ
小梨　直／訳

「南仏プロヴァンスの12か月」の挿し絵を描いたフォーブズが、プロヴァンスの土地と人と伝統料理を柔らかなパステル・タッチの絵で紹介した魅力的な味覚ガイド。旅と料理マップ。